LA VIERGE ET LE VAMPIRE

UNE ROMANCE VAMPIRE PARANORMALE

RENEE ROSE
LEE SAVINO

Traduction par
ELINA DAHL
Édité par
ELLE DEBEAUVAIS

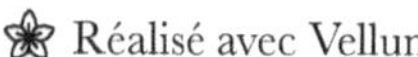 Réalisé avec Vellum

LIVRE GRATUIT DE RENEE ROSE

Abonnez-vous à la newsletter de Renee

Abonnez-vous à la newsletter de Renee pour recevoir livre gratuit, des scènes bonus gratuites et pour être averti·e de ses nouvelles parutions !

https://BookHip.com/QQAPBW

CHAPITRE UN

Le Toxic. Le club le plus couru de la ville. Une file d'attente s'étend de la porte d'entrée à l'endroit où je me gare, plus loin en bas de la rue.

Ça y est. C'est maintenant ou jamais. J'ai toujours eu en envie d'essayer le club et j'ai finalement pris mon courage à deux mains. En plus de ça, je suis venue seule. Je baisse le rétroviseur et retouche mon rouge à lèvres une dernière fois. Ma main tremble et j'étale mon Ruby Woo de chez Mac sur une joue. Bien joué. Je ressemble à une nana de film d'horreur. La vierge toute gentille qui meurt dans d'atroces souffrances à la moitié du film.

J'essaie de faire partir le rouge en frottant avec les doigts. Super. Maintenant je ressemble à la petite sœur du Joker.

Dix minutes et une pochette de lingettes pour bébé plus tard, j'ai nettoyé la tache rouge et arrangé mon visage. Je manque de trébucher en posant mes talons par terre, mais ce n'est pas grave, car je me rattrape à ma Coccinelle jaune pétard. Je claque la portière et coince ma robe. Oh, non !

Je commence par tirer dessus, puis j'ouvre la portière, libère ma robe et vacille sur le trottoir.

Et c'est enfin gagné ! Mesdames et messieurs, Gwen Hernandez est descendue de sa voiture.

Je note une nette absence d'applaudissements alors que je me dirige fièrement jusqu'au club. Pas grave. C'est une nouvelle soirée, je suis une nouvelle moi et je vais enfin au Toxic. Ce n'est pas exactement le rêve d'une vie, mais c'est quelque chose que je veux faire depuis l'ouverture. Il faut bien commencer par quelque chose, non ?

Au bout de quinze minutes d'attente, un laps de temps suffisant pour regretter mon choix de chaussures, le videur me fait signe de passer en tête de file.

— Moi ?

Je demande ça en posant une main sur le cœur comme si j'étais une candidate à Miss Amérique.

Sa joue tressaute. Je bondis jusqu'à lui en ignorant les grincements de dents et les regards mauvais sur mon passage. Je tends ma pièce d'identité. Il l'étudie suffisamment longtemps pour que je commence à stresser.

— Un souci ?

Il me rend mes papiers.

— Blanche ? demande-t-il avec un signe du menton vers ma robe.

— Oui et alors ?

Je glisse un morceau du tissu derrière ma jambe pour planquer la marque de graisse laissée par la portière de ma voiture.

— C'est un choix intéressant.

Il a raison. Tout le monde est vêtu de noir. Les hommes sont en costume et les femmes portent des robes hyper moulantes de style bondage.

— Je me démarque, dis-je en haussant les épaules.

— Ça, c'est clair, dit-il, puis il me fait signe d'approcher. Ton billet ?

— Mon billet ?

Oh, non ! Je ne savais pas qu'il fallait un billet !

Voyant ma mine déconfite, le videur prend pitié de moi.

— Je déconne, chérie. Entre.

Youpi !

Je me faufile à l'intérieur. Je prends le temps d'habituer mes yeux à l'obscurité. Je me rends compte que je frotte mon annulaire gauche, là où je portais une bague de fiançailles jusqu'à récemment. Je laisse retomber mes mains et je me dirige vers le bar.

Un nouveau moi. Un nouveau départ. La vilaine fille en moi se réveille. *Je rugis intérieurement.*

Ou quelque chose du style.

M'appuyant contre le bar, je me mords la lèvre en essayant de trouver une boisson qui me plaît, puis je l'entends.

— Gwen ? C'est toi ?

Quelqu'un me touche l'épaule. Je me retourne et je vois la dernière personne que je veux voir ce soir. Mon ex-fiancé.

— Chad, dis-je comme si j'étais contente de le voir.

Ce qui n'est pas le cas. Mais il est difficile de se débarrasser de ses automatismes quand on a joué à la gentille fille pendant des années.

J'ai essayé, croyez-moi.

Il fronce les sourcils.

— Gwen. Qu'est-ce que tu fais ici ?

Les hommes n'ont aucun mal à dire ce qu'ils pensent. Pourquoi ce deux poids, deux mesures ? Pourquoi les hommes ont-ils le droit d'être spontanés alors que je dois faire la gentille tout le temps ?

— J'avais envie de sortir.

Je me rends compte que j'ai les mains croisées devant moi, comme une chanteuse de la famille Von Trapp sur le point d'entamer *Edelweiss,* alors je relâche mes mains.

— C'est un pays libre à ce que je sache, j'ajoute.

— Mais ici ? dit-il en regardant de travers ma robe blanche.

— J'ai toujours voulu venir ici. Tu le sais. J'ai essayé de t'y emmener plein de fois.

Chad passe une main dans sa chevelure blonde. Au lieu d'être ébouriffés, ses cheveux retombent parfaitement sur son front. Il est plus beau que jamais. Nos parents étaient si enthousiastes quand il a fait sa demande. On était ensemble depuis le lycée. On était faits l'un pour l'autre.

Jusqu'à ce qu'il mette un terme à notre relation.

— Je ne savais pas que tu serais là, commence-t-il.

— Je ne vois pas le problème, je l'interromps. Le club est assez grand pour nous deux.

Je me mords la lèvre pour me retenir d'en dire plus. Je ne l'ai pas revu depuis qu'il a mis fin à nos fiançailles il y a deux mois. Il me reste plein de questions. *Pourquoi, Chad, pourquoi ?*

Il soupire comme s'il m'avait entendue poser la question à voix haute.

— Écoute, Gwen, je…

Mais il ne termine pas sa phrase, car un grand jeune homme à la peau mate et aux traits parfaits, tel un mannequin, se faufile derrière lui.

Le beau gosse ne se contente pas de mettre son bras autour de Chad. Il glisse son bras en travers du torse de mon ex et l'attire contre lui.

— Qui est-ce ? ronronne-t-il à l'oreille de Chad.

Les deux hommes échangent un sourire, puis ils me regardent tous les deux.

Il y a comme un énorme souffle et je n'entends plus rien. Le club s'évapore. Il n'y a que moi, Chad et son nouvel amant.

— Je te présente Gwen. Je t'ai parlé d'elle, répond Chad.

Je l'entends à peine à cause du bourdonnement dans mes oreilles.

— Oh, dit doucement le bel homme avec pitié.

— Vous êtes en couple ?

Je laisse échapper cette question et je grimace de suite. Ils sont enlacés, joue contre joue. La réponse est évidente. *À ton avis ?*

— Oui, me répond Chad, d'un ton de voix aussi doux que celui de son petit-copain.

J'aurais tellement de choses à dire. Chad et moi n'étions pas seulement fiancés. Nous étions avant tout des amis. Du moins, c'est ce que je croyais.

Comment ai-je pu rater ça ? Lentement, les pièces du puzzle se mettent en place. Je comprends pourquoi il voulait attendre le mariage pour faire l'amour, pourquoi il ne bandait jamais quand on se tripotait et pourquoi il ne voulait pas venir au Toxic avec moi.

— Est-ce quelque chose de nouveau ?

Pitié, réponds oui. S'il te plaît, dis que tu ne savais pas, que les années que nous avons passées ensemble n'étaient pas du gâchis.

Pitié, ne me dis pas que tu m'as utilisée comme couverture.

Chad ferme les yeux et j'entends sa réponse avant qu'il ne la prononce.

— Non.

— Pourquoi ne m'as-tu rien dit ?

Il secoue la tête. Puis il ouvre la bouche, mais je lève une main pour l'interrompre.

— Tu sais quoi ? Laisse tomber. Je vous souhaite tout le bonheur du monde. Sincèrement.

Je tourne sur mes talons et je m'enfuis avant qu'il ne voie mes larmes.

~

DIMITRI

Le Toxic. Un club dirigé par l'un de mes plus vieux amis, Lucius Frangelico, un vampire romain. Le club le plus couru de sa ville. C'est le terrain de chasse parfait pour un vampire.

J'adore cet endroit. Le dernier étage est ouvert au public et regorge d'humains. Choisissez le millésime souhaité parmi le troupeau de jolies choses séduisantes qui se déhanche sur la piste de danse et emmenez-le en bas pour une séance de pelotage désaltérant dans un recoin sombre. Ou une séance de fouettage suivi d'une bonne baise, si c'est votre truc.

Je prends place à un box plongé dans la pénombre et je sirote mon bourbon en attendant de trouver ma proie. Je choisis une demoiselle différente chaque soir. Est-ce que ce sera la bombe platine aux yeux sombres et au véritable bronzage ? Ou la brune aux yeux bleus avec un faux bronzage et des seins en plastique ?

Ah, que c'est dur de faire son choix…

En matière de belles femmes, je ne fais pas la fine bouche. Je n'ai que trois règles : pas de vierges, pas d'innocentes, pas de deuxième rendez-vous. Je veux une femme qui sait ce qu'elle veut et qui m'autorisera à le lui donner.

Et à la fin de la soirée, on repart chacun de notre côté, sans engagement. Du plaisir mutuel sans le bordel émotionnel. Du plaisir et basta. Et je recommence avec une autre, soir après soir.

Puis, je l'aperçois. La femme qui m'est destinée. Du moins, pour ce soir.

C'est une apparition en blanc. Je n'ai jamais vu quiconque porter du blanc dans un club et c'est bien dommage. Elle semble briller dans le noir. Ça aide qu'elle soit grande pour une femme. Elle surplombe la plupart des hommes et toutes les femmes dans leurs talons aiguilles. Elle se déplace avec la maladresse d'un poulain. Pas grave. Peu m'importe qu'elle manque de grâce. Je la garderai sur le dos, les pattes en l'air, ses talons hauts près de mes oreilles.

Elle sera à moi avant minuit si ça marche comme je veux.

Ma proie s'appuie contre le bar, l'air désorienté par toutes ces bouteilles. Elle est adorable, vraiment, avec ses longs cheveux noirs attachés par un ruban blanc.

Je vide mon verre d'un trait en prévision de la chasse.

Puis, un jeune homme lui tapote l'épaule. Un chasseur rival prêt à refermer le piège sur sa proie.

J'observe leur échange.

Non, j'avais tort, ce n'est pas un chasseur rival. Ils se connaissent, mais il n'y a pas d'attirance sexuelle entre eux.

Ah. Un vampire se faufile derrière le jeune homme et l'entoure d'un bras possessif. Ma belle apparition en blanc tressaille, semblant trahie, et elle s'enfuit.

Intéressant…

Je me lève et je la suis.

~

Gwen

JE NE SAIS PAS où je vais. Je traverse la piste de danse à toute allure et je manque de renverser un groupe de filles qui dansent sur un remix techno de *Good as Hell* de Lizzo. J'aimerais rejeter mes cheveux en arrière, vérifier mes ongles et balancer mon joli cul pour sortir de là… mais je suis trop brisée. Je titube aveuglément à travers le club et je finis dans un couloir sombre, où je m'affale telle une serviette usagée.

Putain de Chad. Les sons du club m'entourent, mais personne ne peut me voir. Tant mieux, parce que je pleure.

J'ai toujours voulu venir ici. Même si Chad ne s'en souvient pas, je l'ai supplié des milliers de fois de m'emmener au Toxic. Je pensais que le club et l'énergie qui s'en dégage nous serait bénéfique. Chad disait m'aimer, mais je savais qu'il manquait quelque chose.

Je pensais que Chad et moi étions faits pour être ensemble. Je pensais qu'il fallait que je change et que tout s'arrangerait entre nous.

Stupide, stupide Gwen. *Il est homosexuel. Voilà pourquoi il ne voulait pas de toi.* J'ai gâché des années de ma vie. Pire, je pensais que j'avais un problème.

Eh bien, plus maintenant. Ce n'était pas ma faute. *Rien ne cloche chez moi.* Je me redresse. J'ai toujours voulu venir au Toxic, alors je vais y retourner, rejeter mes cheveux en arrière à la Lizzo, me déhancher sur la piste de danse et faire la fête comme une star du rock.

Je fais un pas en direction de la musique et vois une silhouette se profiler dans l'obscurité. Je vacille sur mes talons et un inconnu imposant émerge de la pénombre. Il m'attrape par le coude pour m'aider à reprendre mon équilibre.

Je lève les yeux et je me fige. Si Lucifer avait conçu un visage pour tenter les âmes innocentes, il ressemblerait à ça. Une mâchoire parfaitement dessinée agrémentée d'une barbe de trois jours. Des lèvres pulpeuses, tel un appel au péché. Il est tout de noir vêtu, comme un tueur à gages. C'est pourquoi je ne l'ai pas vu tout de suite.

Il approche encore, envahissant mon espace personnel. Je dois pencher la tête en arrière pour le regarder dans les yeux. Je devrais me sentir intimidée, mais je suis submergée par l'envie irrépressible de me blottir contre son torse. Quelque chose me dit qu'il me protégerait.

L'homme penche la tête sur le côté et il fronce ses sourcils sombres d'un air inquiet.

— Tu es perdue, ma jolie ?

DIMITRI

Elle lève ses grands yeux vers moi. Ils sont humides. J'ai entendu son monologue intérieur. Le petit agneau s'était amouraché d'un homosexuel. J'aimerais pouvoir dire que ses larmes m'émeuvent, mais elles me font juste bander. C'est à ça qu'elle ressemblerait après avoir pris le fouet.

Mais je m'emballe un peu. Première étape : s'assurer qu'elle va bien. Deuxième étape : obtenir son consentement et la séduire. Troisième étape : la baiser sauvagement.

Commençons par la première étape.

— Non. J'avais juste… besoin d'être seule.

Elle baisse la tête et s'essuie les yeux. Le mouvement la fait vaciller, alors je resserre ma prise sur son coude. Elle se penche contre moi, sans avoir l'air de le remarquer.

— Super, murmure-t-elle. Mon maquillage est fichu. Encore une fois.

— Montre.

J'attrape son menton et je lève son visage vers le mien. Elle se fige, me laissant la manipuler à ma guise. Bonne petite soumise.

Je prends mon temps et j'étudie mon ange maladroit. Elle a des yeux magnifiques, d'une couleur claire que je ne peux pas distinguer dans la lumière tamisée. Ils sont en amande. Sa peau est pâle et ses longs cheveux noirs sont attachés avec un ruban blanc. Elle ressemble à une princesse Disney, si tant est que les princesses Disney aient du mascara qui leur coule sur les joues. Je n'en ai aucune idée, je ne regarde pas ce genre de films.

— Voilà, dis-je en effaçant les traces noires avec mon pouce. Comme neuve.

— Merci, monsieur…

— Tu peux m'appeler Dimitri. Et ne me remercie pas. Tout le plaisir est pour moi, dis-je en gardant une main sur le côté de son visage. Tu veux que je le tue ?

Elle cligne des yeux.

— Pardon ?

— L'homme qui t'a fait pleurer. Dois-je le faire disparaître ?

— Euh, non, dit-elle en ricanant comme à une blague. Ce n'est pas grave. C'est mon ex.

Sa lèvre inférieure tremble.

— On a rompu il y a quelques mois, ajoute-t-elle.

— Tant pis pour lui, dis-je doucement et je passe mon pouce sur sa lèvre inférieure.

Ses lèvres s'écartent. J'y glisserais bien ma queue.

— Oui, dit-elle en haletant.

Elle est sous mon charme, alors que je n'ai rien fait

pour la captiver. Je lui donne juste ce qu'elle veut. Ce dont elle meurt d'envie.

— Il ne mérite pas que tu pleures pour lui.

— C'est vrai, dit-elle et elle se dégage de mon emprise d'un geste brusque de la tête. Je ne suis pas triste.

— Vraiment ? dis-je en haussant un sourcil.

— Vraiment, insiste-t-elle. C'est juste que ça m'emmerde d'avoir gâché toutes ces années avec lui. Je savais que quelque chose clochait, mais je pensais que le problème venait de moi.

— Il n'y a rien qui cloche chez toi. Tu es parfaite.

— J'ai gâché ma jeunesse, dit-elle en secouant la tête.

Il y a tant de mélancolie dans sa douce voix que je dois tourner la tête. Ce serait impoli de lui rire au nez.

Mais elle rit aussi.

— Tu es encore très jeune, lui dis-je.

Presque trop jeune pour un monstre comme moi.

— Je sais, dit-elle en plissant le nez. Je plaisante. En quelque sorte.

— Alors, tout va bien ?

— Oui, répond-elle avec un hochement de tête ferme.

Première étape validée. On passe à l'étape deux.

— Tu ne t'en vas pas ?

— Hors de question ! dit-elle en relevant le menton, l'air têtu.

— Bien. Je t'offre un verre ?

— Avec plaisir. Je m'appelle Gwen.

— Enchanté, Gwen. On y va ?

Je la pousse en avant en exerçant une légère pression sur le bas de son dos. Sa posture est parfaite, bien qu'elle vacille un peu sur ses talons.

— Doucement, ma jolie.

Je l'aide à garder l'équilibre en passant un bras autour

de ses épaules. Son corps s'adapte parfaitement à mon bras. Ça semble naturel.

— Je n'ai pas l'habitude de porter des talons, me dit-elle. Mes chaussures sont neuves.

Avec mon aide, nous contournons la piste de danse et arrivons au bar sans incident.

— Tu veux boire quoi ? je lui demande.

— Euh… hésite-t-elle en se mordant la lèvre de façon adorable. Je ne sais pas, en fait. Une boisson fruitée ?

Adorable.

— Un Arizona Sunset pour la demoiselle, dis-je au barman. Doucement sur le rhum. Et pour moi, comme d'habitude.

Nos boissons servies, je tends mon verre pour porter un toast.

— Moi c'est Gwen.

— Dimitri.

— J'ai toujours voulu venir ici.

— Je connais bien ce club. Laisse-moi te servir de guide ce soir. Je promets d'en faire une soirée inoubliable, dis-je, puis je porte sa main à mes lèvres et y dépose un baiser.

Elle sent le sucre. Je la croquerais bien. Mes crocs s'aiguisent.

— Buvons, dansons, discutons ! je lui lance.

Elle glousse. Le son ressemble à des bulles de champagne.

— Ça me semble super.

Je l'attire vers moi.

— Si tout se passe bien, je te séduirai, je lui murmure au creux de l'oreille.

CHAPITRE DEUX

Gwen

Sa voix m'écrase. Elle me fait plus d'effet que le rhum. Je chancelle et il me serre plus fort.

— Tout va bien, petite Gwen ?

Je penche la tête sur le côté.

— Je ne suis pas si petite, je murmure pour essayer de gagner du temps.

— Pour moi, oui.

Le DJ choisit de passer un nouveau single sexy dont la basse me fait vibrer. Je me colle encore plus à lui. Et juste comme ça, on danse ensemble, aussi naturellement que possible.

— Es-tu censé me dire que tu vas me séduire ? N'es-tu pas censé le faire tout simplement ?

— Tu préférerais ça ? dit-il en haussant un sourcil.

Je m'apprête à lui répondre « oui », quand j'aperçois Chad et son nouvel amant parler à deux videurs tatoués dans le vestiaire avant de disparaître.

Dimitri tend le cou pour suivre ma ligne de mire.

— Où vont-ils ? je demande. Y a-t-il un bar gay là-bas ?

— Si innocente, ricane Dimitri. Quelque chose du genre, oui.

— Est-ce que n'importe qui peut y aller ?

— Non, c'est sur invitation, répond-il d'un regard noir aguicheur. Tu veux que je t'y invite ?

Mes mains se resserrent sur ses bras.

— On pourrait y aller ?

— Tu es sûre de toi ? Il y a des choses qu'on ne peut pas oublier.

— Oui. Je veux jeter un œil.

— Tu devras rester près de moi et faire ce que je dis.

— D'accord.

— C'est important, ma jolie. Promets que tu seras sage, dit-il en passant son doigt sur mes lèvres.

Son côté possessif devrait me mettre en colère, mais j'adore ça, en fait.

— Je serai sage, dis-je en chuchotant.

— Gentille fille. Viens, dit-il et sa main glisse le long de mon bras pour saisir la mienne. Reste près de moi.

Alors qu'on a descendu la moitié des escaliers, je pense à un truc.

— Dimitri ? dis-je avec une petite voix. Es-tu homosexuel ?

— Non, dit-il en se tournant vers moi et je sens qu'il sourit malgré l'obscurité ambiante. Je ne suis pas gay. Ce n'est pas un club gay.

— C'est quoi alors ?

— Tu vas voir.

Je me sens comme Alice suivant le lapin blanc. Sauf que Dimitri n'est pas un lapin. Plutôt un démon venu des ténèbres pour me conduire droit en enfer.

Il y a une lueur rouge en bas des escaliers. Je m'arrête. Dimitri fait de même et attend poliment que je prenne mon courage à deux mains.

— Prête ? me demande-t-il d'une voix grave qui caresse mes nerfs à vif.

— Je suis prête. Je vais y arriver.

— Gentille fille. Je m'occuperai de toi.

Il me caresse la main avec son pouce, promettant toutes sortes de choses. *Je m'occuperai de toi.* Un sacré double sens.

Oui, merci.

Nous atteignons la dernière marche et émergeons dans la lumière rougeâtre. Cette partie du club semble totalement différente de la piste de danse et du bar à l'étage. La première chose que je vois est un homme en costume qui se prélasse dans un grand canapé en cuir. Il tend la main et un jeune homme approche, puis se met à genoux devant lui. Le jeune homme est complètement nu. La mâchoire m'en tombe.

En face d'eux, un couple sirote du vin et discute comme si de rien n'était. L'homme en costume se penche en arrière et attire l'homme nu entre ses cuisses.

J'en ai le souffle coupé.

— Tu les fixes, ricane Dimitri.

Je réalise que je m'agrippe à lui, mais quand je recule, il passe un bras en travers de ma poitrine et colle mon dos contre son torse.

— Regarde autant que tu veux. Ils s'en moquent. S'ils ne voulaient pas que tu regardes, ils ne feraient pas ça en public. Il y a des chambres privées à disposition.

J'observe la scène assez longtemps pour voir que l'homme nu agenouillé au sol fait exactement ce que je pensais qu'il allait faire. Sa tête se balance de haut en bas entre les cuisses de l'homme en costume qui se penche en arrière, les yeux fermés.

— Oh, mon Dieu.

— Eh bien ! fait Dimitri en relâchant sa prise. Je n'ai jamais été innocent à ce point.

— Je ne suis pas si innocente, je suis juste surprise.

— Mmm.

— C'est vrai ! Chad et moi, on a fait plein de trucs.

— Vraiment ?

Dimitri pose un doigt sur ma joue et tourne mon visage vers lui. Il me regarde pendant si longtemps que je rougis et baisse les yeux. Son ricanement me retourne l'estomac.

— Ma douce innocente, continue-t-il, mentir te vaudra d'être punie.

Je me mords la lèvre, choquée par la poussée d'excitation qui me traverse.

— Ça te plairait ? Ou tu veux en voir plus ?

— Je veux voir, je lui réponds, même si la punition attise ma curiosité.

Je veux voir. Je veux faire l'expérience de la punition. Je veux tout.

Dimitri me fait visiter les enfers. Il y a une énorme croix en bois en forme de X. Pendant que nous regardons, une femme vêtue de cuir rouge s'avance vers elle en tenant deux soumises en laisse. Je détourne le regard et aperçois une femme rousse nue et attachée à une table, tandis que deux hommes profitent de son corps. L'un d'eux lui fouette la chatte. L'autre fait couler de la cire rouge sur ses seins. Alors que l'on continue à les regarder, l'homme laisse tomber le petit fouet et s'agenouille. La table est à la hauteur parfaite pour que sa bouche atteigne sa chatte.

— Maître, pitié ! crie-t-elle.

L'homme continue à lui dévorer la chatte, tandis que

l'autre arrête de verser de la cire pour passer sa main sur sa poitrine avec possessivité.

— Pas encore, mon cœur. Pas avant que je le décide.

Un frisson me parcourt le corps. Je me blottis contre Dimitri et il me serre contre lui.

— Tu en as assez vu, petite Gwen ?

Le bras de Dimitri est comme une bande d'acier qui se resserre autour de ma taille.

Non. J'en veux encore plus. Les hurlements de la rousse arrivent à mes oreilles et je jette un coup d'œil. L'homme entre ses cuisses s'est relevé et la baise lentement. Elle tourne la tête sur le côté et ouvre la bouche pour prendre la bite de son maître.

Le désir me prend d'assaut et mes genoux se mettent à flageller. Dimitri réagit comme s'il avait prévu ma réaction. Il me prend dans ses bras et m'entraîne plus loin comme si je ne pesais rien. Quand je suis face à lui à nouveau, on est installés dans un fauteuil confortable dans un coin plus calme près du bar. Il y a quelques murmures au-dessus de ma tête et un serveur lui apporte une bouteille d'eau non ouverte.

— Bois, petite, m'ordonne-t-il et je m'exécute.

— C'est quoi cet endroit ? je lui demande après avoir repris mon souffle.

— C'est un club. Un endroit où les déviants dans mon genre peuvent céder à leurs désirs pervers, répond-il sur un ton moqueur.

— C'est merveilleux.

Je lève la tête. Je suis assise sur ses genoux, comme si c'était la chose la plus naturelle du monde. Peut-être que c'est le cas. En tout cas, je m'y sens bien. À notre gauche, l'homme et la femme se sont rapprochés. Leurs verres de vin sont vides. L'homme en costume et son soumis dénudé ont disparu.

— Je veux le faire.

— Tout ?

— Oui, je réponds, mais ma voix tremble.

— Ma douce innocente. L'exploration de ce monde peut prendre toute une vie.

— Vraiment ?

— Vraiment. *Il y a plus de choses dans le ciel ou sur la terre, Horatio.* Je peux te donner un avant-goût, une entrée en matière, si tu veux. Du moins, si tu veux commencer ce soir.

Je hoche la tête avec tant d'enthousiasme qu'il éclate de rire.

— Très bien, ma chérie. Promets-moi de m'avertir si tu veux arrêter.

Il m'étudie un moment, puis se redresse et je vois ses traits se durcir.

— Lève-toi, Gwen. Plus près. Oui.

Il me positionne face de lui. Cela fait bizarre de se mettre au garde-à-vous devant quelqu'un comme ça, mais alors que ses yeux parcourent mon visage, mon cou, mes seins et mes hanches, j'ai l'impression que son regard me touche. Mes orteils se recroquevillent dans mes talons inconfortables.

— Tourne-toi, ordonne-t-il.

Je tourne la tête. Sa main touche l'arrière de ma cuisse, sous ma robe, et je sursaute presque, me retenant au dernier moment. Il caresse ma peau dénudée, de haut en bas, sa main s'attardant à l'arrière de mon genou. Qui aurait cru que ma jambe pouvait être si sensible ?

Il retire sa main et lisse ma robe sur mes fesses.

— Tu es une gentille fille, Gwen, dit-il. Tu te débrouilles bien.

— Merci, je chuchote.

Il y a un silence.

— Appelle-moi « monsieur », finit-il par dire.

— Monsieur, je pense que…

Je m'interromps et me mordille la lèvre.

— Oui ?

— Je pense que j'ai été une gentille fille bien trop long-temps. Ce soir, je veux être vilaine.

Sa main frotte mes fesses comme s'il les caressait.

— Ma chère Gwen, je suis ravi de l'entendre. Mainte-nant, chut ! Ne dis plus rien, sauf si tu veux que j'arrête.

Et il m'attire sur ses genoux.

DIMITRI

GWEN ME LAISSE FAIRE et se tient en équilibre sur mes genoux, tête baissée. Des mèches noires s'échappent du ruban et effleurent le sol. Je tire sur le morceau de tissu et le range dans ma poche en détaillant la chair délicieuse qui s'offre à moi. Ses longues jambes s'étirent et sa robe remonte, me laissant apercevoir ses cuisses nues. C'est là que je pose ma main.

— Alors comme ça tu veux être une vilaine fille, ce soir ?

Je la caresse doucement, appréciant les petits tremble-ments qui parcourent son corps.

— Oui, monsieur.

— Tu devras en subir les conséquences, dis-je en feignant un ton sévère. Les gentilles filles qui se déver-gondent sont punies.

Je hume son excitation. Parfait.

Tout autour de nous, des couples et des trios se livrent à des manœuvres coquines. L'air est chargé de sexe et de désir. Mais nous sommes dans notre propre petite bulle, juste tous les deux, enlacés dans un mariage parfait de domination et de soumission.

Je prends ses fesses à pleines mains, par-dessus sa robe et lui administre quelques fessées pour la préparer. Puis je remonte sa robe et pousse un léger sifflement. Elle porte un string. Blanc, bien entendu. La fine ficelle disparaît entre ses fesses et met en valeur son fessier rebondi. Je l'explore méticuleusement. Ma queue est déjà en béton armé.

Elle serre les fesses, consciente de ce qui s'offre à mon regard. Le devant de son string est désormais transparent, puisque trempé par sa cyprine.

— Tu es une vilaine, vilaine fille, je ronronne.

Ma main s'abat sur la partie inférieure de sa fesse droite, assez fort pour y laisser une marque rose. Gwen émet un léger soupir. Je donne une fessée à sa fesse gauche. Comme ça, pas de jaloux.

J'accélère le rythme et lui fouette le cul en accordant une même attention à la fesse gauche qu'à la fesse droite. Les marques prennent une teinte plus vive et je passe à la partie inférieure de son derrière. Les marques deviennent sombres et je passe à autre chose, appréciant la façon dont son cul rebondit. Je peins en rouge l'ensemble de son fessier : à droite, à gauche, en bas, en haut. Tout, y compris ma respiration, s'accorde en un rythme régulier. Je suis dans cet espace particulier de domination où je suis conscient de chaque mouvement de ma soumise. Chaque frémissement, chaque respiration tremblante et chaque contraction musculaire.

Je m'arrête quand sa peau prend une jolie teinte rose clair. Elle marque si joliment. Je passe ma main sur son cul en feu et en apprécie la chaleur.

— Tu aimes ça ?

Je prends la ficelle de son string entre ses fesses et je tire légèrement dessus. Gwen gémit. Que c'est bon de l'entendre geindre.

— Vilaine fille, tu aimes ta fessée ?

— Oui… bafouille-t-elle.

Je claque son derrière plus fort en une rafale de coups bien sentis. Elle se tortille sur mes genoux, ce qui masse ma bite. Des étincelles jaillissent derrière mes yeux.

— Reste immobile, je lui ordonne, et elle obéit. Je t'ai posé une question. Est-ce que tu aimes ta fessée ? Réponds-moi correctement.

— Oui, monsieur.

Elle semble docile et correctement réprimandée. Je passe un doigt sur la face avant de son sous-vêtement. Elle est trempée.

—Je vois ça, mon cœur, dis-je en ricanant.

J'ajoute un deuxième doigt et je la masse entre les lèvres, en taquinant ses plis humides. Au bout d'un moment, elle n'arrive plus à rester immobile. Je secoue la tête et je la punis pour avoir désobéi. Je lui claque les fesses et le haut des cuisses, et je m'arrête au bout d'une minute pour vérifier son niveau d'humidité.

— Essayons encore une fois, dis-je en faisant courir deux doigts de haut en bas de ses lèvres et je sens qu'elle retient son souffle. Tu te débrouilles si bien. Mais tu dois rester immobile, j'explique patiemment.

Je passe le bout du doigt sur son clitoris et fais quelques cercles autour. Ses fesses se serrent.

— Non, non, non.

Je recommence à lui claquer les fesses assez fort pour les faire rebondir, puis je les lui serre les fesses avec brutalité. La couleur rose s'assombrit de façon satisfaisante. Quand je passe ma main entre ses cuisses, elle gémit et se relâche sur mes genoux, telle une poupée de chiffon.

Une fessée, un peu de repos, puis exciter ma soumise. Je pourrais continuer comme ça toute la nuit.

Je tapote sa culotte, juste à l'endroit où elle s'étire sur son clitoris, puis ça se produit. Gwen se crispe et l'intérieur de ses cuisses se met à trembler. Un faible gémissement s'échappe de ses lèvres. Je lui caresse le clitoris avec de légers mouvements de va-et-vient. J'imagine son orgasme se répandre et le plaisir effacer toute pensée rationnelle. Ses membres se contractent et ses muscles palpitent. Comme il serait délicieux d'être enfoui en elle jusqu'aux couilles. Sa chatte se resserrerait autour de ma bite au moment de l'orgasme.

Deuxième étape : obtenir son consentement et la séduire. Puis, la troisième étape.

— Gentille fille, dis-je pour l'apaiser.

Je lui caresse les fesses et remets sa robe en place. Au bout d'une minute, je la prends dans mes bras et la fais basculer sur mes genoux en prenant soin de l'accompagner. Son visage et sa poitrine sont écarlates à force d'être restée tête en bas.

— As-tu apprécié ton orgasme, mon cœur ?

Elle acquiesce. Les joues roses, de grands yeux, une longue chevelure ébouriffée qui retombe sur ses épaules. Elle ressemble à une princesse Disney tirée de son sommeil par un orgasme. Je porte ma main à ma bouche et je lèche sa cyprine. Je le fais lentement, en lui laissant le temps de remarquer et de comprendre ce que je fais. Elle rougit davantage et baisse les yeux. Elle est si adorable.

— As-tu apprécié ta première séance coquine ?

— Oui, monsieur.

J'écarte ses cheveux emmêlés de sur son visage.

— Tu t'es tellement bien débrouillée. Tu as été superbe.

— Merci, dit-elle, mais elle me semble perturbée.

Elle pose sa main contre sa poitrine et elle se mord la lèvre, l'air innocent et douloureusement vulnérable.

— Quel est le problème, Gwen ?

— Je ne savais pas que ça pouvait être comme ça.

Je me penche plus près. Je pense savoir ce qui se passe.

— Est-ce que Chad a…

— Jamais, répond-elle avant que je puisse terminer ma question. On n'a jamais fait ce genre de choses.

Une alarme se déclenche dans ma tête.

— Qu'est-ce que Chad et toi avez fait exactement ?

Elle ne répond pas pendant une longue minute.

— On s'est juste beaucoup embrassé, marmonne-t-elle. Je devenais de plus en plus excitée et il y mettait fin.

— Oh, mon cœur.

Je lui caresse le dos, en me maudissant intérieurement. Elle n'a aucune expérience. D'habitude, c'est le genre de profil que j'évite. Je devrais me débarrasser d'elle aussi vite que possible. Et pourtant… je suis subjugué par elle. C'est en partie son innocence qui m'attire. Et sa douceur.

Ses grands yeux croisent les miens.

— Je pensais… je pensais que quelque chose n'allait pas chez moi. Je n'arrive pas à croire que je n'ai pas… J'ai complètement gâché ma jeunesse.

Elle dit cela d'un ton acerbe, mais avec de l'auto-dérision.

Je ne peux m'empêcher de sourire.

— Tu n'as rien gâché. Tu es encore si jeune, dis-je en lui caressant le bras.

Elle attrape ma main, la serre et enlace ses doigts avec les miens.

— Dimitri, c'était merveilleux.

— Je suis ravi que ça t'ait plu.

Elle est si vulnérable. Je devrais prendre mes distances,

mais il y a quelque chose chez elle… je me sens vivant à ses côtés. Et je n'ai pas ressenti ça depuis très, très longtemps.

Ses cils noirs battent et elle lève ses yeux magnifiques vers les miens.

— J'en veux plus.

Elle se penche sur moi et m'embrasse.

C'est le plus chaste des baisers. Juste un léger contact de ses lèvres sur les miennes. Mais un feu enflamme mes veines, brûlant et détruisant tout sur son passage.

Gwen

Les lèvres de Dimitri sont si douces et parfaites que je ne peux m'empêcher de soupirer. Ma langue sort et danse sur sa bouche. Je le supplie de perdre le contrôle avec de petits coups de langue. Ses épaules se raidissent et ses mains agrippent mes hanches. Il me repousse doucement, mais fermement.

— Ça suffit, mon cœur.

Son visage est proche du mien et nos souffles s'entre-mêlent. Ses yeux sont plus sombres qu'avant.

— Tu ne veux pas de moi ? dis-je en essayant d'emprunter un ton désinvolte, mais ma voix est faible et triste.

Il fronce les sourcils.

— Ce n'est pas ça. Je te veux trop, au contraire.

Je le chevauche et roule mes hanches contre lui, frottant mes parties coquines contre sa virilité. Je me sens si déchaînée et libre. Je n'ai jamais ressenti ça avec Chad pour des raisons évidentes. En une heure avec Dimitri, j'ai découvert un tout nouveau monde. Le plaisir dans la douleur et le plaisir explosif. Mon cul est chaud et palpitant tout comme ma chatte. Je suis plus trempée et chaude que je ne l'ai jamais été.

— Gwen, gémit-il.

— S'il te plaît, monsieur, je le supplie aussi joliment que possible. J'ai besoin de ça.

Je glisse une main entre nos corps et mes doigts trouvent son membre dur. Mon estomac se retourne. Timidement, je prends en main le monstre niché dans son pantalon.

Il me prend par les cheveux avec sa grande main.

— Tu fais la vilaine, souffle-t-il contre mes lèvres, mais il n'a pas l'air de détester ça.

— Je suis une vilaine fille, je lui réponds.

Je me tortille jusqu'à ce que ma robe ne soit plus coincée entre nous. Je frotte ma chatte contre son pantalon et j'y laisse une trace. Je suis si vilaine.

— Tu es une vilaine fille et je vais te donner une leçon.

Youpi !

Il se lève et soudain, je me retrouve sur son épaule, la tête en bas. Je couine et je donne des coups de pied, même s'il n'y a aucun autre endroit où j'aimerais être. Sa main se referme sur mes fesses. Je baisse la tête, laissant mes cheveux couvrir mon visage. Je sais que tout le monde dans le club m'a entendu. Ils peuvent voir tout ce qui se passe, mais si je ferme les yeux, je peux prétendre que je ne le sais pas.

Dimitri ne fait que quelques pas avant de s'arrêter.

— Tout va bien ? demande une voix grave.

Dimitri se retourne et je me retrouve plus proche de celui qui a posé la question.

— Demande à la dame.

Je rougis si fort que c'est un miracle que mes joues ne s'enflamment pas.

— Tout va bien, monsieur, je couine sans rouvrir les yeux.

— Très bien, glousse M. Voix grave.

Ça me rassure que quelqu'un du club veille à mon bien-être, même si je suis tellement gênée que j'ai envie de disparaître.

Dimitri ricane tandis qu'il me transporte à travers le club.

— Tu donnes un sacré spectacle. Débats-toi avec plus de vigueur. Avec un peu de chance, ils verront sous ta robe.

Mon Dieu, je me sens tellement humiliée. Et excitée.

Quand il me fait redescendre, on se trouve dans une autre partie du club, plus près de la croix géante. Dimitri m'allonge sur le sol et d'une prise douce, mais ferme, il me tire par les cheveux pour que je me mette à genoux devant lui.

— Regarde ce que tu as fait, dit-il en désignant son entrejambe.

Non seulement je vois que sa bite appuie contre son pantalon, mais il y a une tache brillante sur le tissu sombre, preuve de mon excitation. Je veux couvrir mon visage avec mes mains.

Au lieu de ça, je me lèche les lèvres.

— Vilaine, dit Dimitri en me tirant par les cheveux. Je devrais te faire lécher.

Je halète d'humiliation, mais je suis tellement trempée.

Il me lance un sourire en coin. Je n'ai jamais vu un sourire si diabolique et si beau à la fois.

— Plus tard, peut-être, ajoute-t-il. Je veux voir plus de marques sur ta peau parfaite. Mais d'abord, tu dois te dénuder.

— Très bien, dis-je en déglutissant.

Il étudie mon visage et jauge ma réticence et mon consentement.

— Les bras en l'air, ma petite.

Je m'exécute et il retire ma robe. Par automatisme, je croise les bras sur ma poitrine. Je suis pratiquement nue, à l'exception de mon string et soutien-gorge blancs, à genoux devant un grand et bel inconnu. Je ne sais pas qui je suis ni ce que je deviens, mais j'adore ça.

Dimitri ne fait aucune remarque sur le fait que je cache ma poitrine. Il plie ma robe soigneusement et la pose sur une chaise. Puis il se penche sur moi et pose une main sur ma joue.

— Tu te débrouilles si bien, Gwen, me murmure-t-il à l'oreille.

— Merci, monsieur, dis-je, le souffle coupé.

Une partie de moi veut l'appeler *Maître*. Que m'arrive-t-il ?

— J'ai promis de te donner un avant-goût de ce monde. Et je vais le faire. Tu as goûté à ma main, mais je me demande si tu aimeras d'autres instruments.

Il fait un geste vers le mur à côté de nous. Il tient toujours mes cheveux dans une main et il s'en sert pour me faire tourner la tête. Je regarde et je manque de m'évanouir.

Le mur entier est couvert d'instruments plus fous les uns que les autres. Des cannes en bois de toutes les épaisseurs et longueurs, des pagaies multicolores, certaines en bois, d'autres en plastique ou en caoutchouc noir ou coloré, certaines avec des trous et d'autres sans, l'une d'entre elles portant le mot *Papa* gravé. Des fouets en cuir, de la plus petite à la plus grande taille, en noir, rouge et violet. Des cravaches, des fouets, des chaînes et une paire de gants géants en fourrure munis de griffes métalliques.

L'hallucination. Totale.

— Viens, dit Dimitri en me tirant en avant par les cheveux.

Je commence à me lever, mais il place une main entre mes omoplates.

— Non, non, ma chère. Rampe.

Je me mords la lèvre, mais à quatre pattes, je le laisse me guider vers le mur. Il utilise mes cheveux comme une laisse. Mes pensées se bousculent dans ma tête tandis que je rampe derrière lui, tel un animal. Je suis trop bouleversée pour savoir ce que j'en pense, mais une chose est sûre : je suis trempée.

Une fois arrivé devant le mur, il s'arrête et je me mets à genoux. Dimitri étudie soigneusement mon visage. J'ai l'impression qu'il est plus en phase avec ce que je ressens que moi-même.

— Je te laisse choisir, dit-il.

Je fixe le mur. D'où je me trouve, il semble moins écrasant. Ou peut-être que je m'enfonce dans un espace mental où je me fiche de ce qui m'arrive, tant que Dimitri mène la danse.

— Choisis-en un, m'ordonne-t-il doucement.

Je me redresse et montre du doigt ce qui ressemble à une bobine de corde en cuir noir.

— Une queue de dragon. Oh, ma chérie. C'est l'instrument de choix pour les fanatiques de la douleur.

Mais il la retire du mur, ainsi que quelques autres instruments.

— Viens, mon cœur, me dit-il en s'en allant sans se retourner.

Il s'attend à ce que je le suive. Je rampe à sa suite et j'attends qu'il dispose les instruments sur une table. Il se penche et pose une main sur ma nuque pour me faire monter sur un banc bas. Il y a une zone rembourrée pour mes genoux et un support pour mon torse. Dimitri m'aide à me positionner. Tête en bas, mes cheveux tombent sur mes épaules et mon cul pointe vers le haut, telle une cible parfaite.

Pendant quelques instants, Dimitri se contente de glisser ses doigts le long de ma colonne vertébrale. C'est un mouvement apaisant, mais j'ai l'impression que des bulles éclatent dans mon ventre. Mes fesses picotent encore, je ressens des élancements dus à ma fessée précédente.

Il prend son temps pour rassembler mes cheveux et les coiffer en une tresse lâche qu'il rabat sur mon épaule, hors du chemin.

— Prête, mon cœur ? murmure-t-il en me caressant les fesses.

Je pousse mon cul vers le haut, contre sa paume.

— Oui, monsieur.

— Gentille fille. Tu es une si gentille fille.

Existe-t-il de plus belles paroles que celles-là ?

— Je te fais un peu voyager, explique-t-il. Ou plutôt, je vais faire voyager ces instruments… sur ton cul.

Je sens quelque chose de doux me chatouiller le dos.

— Un fouet, dit-il.

J'entends un claquement sec et je sens les lanières heurter ma peau. Je serre les dents et Dimitri passe sa grande main sur mon dos pour détendre mes muscles. Il fait glisser le fouet sur ma peau, éveillant mes sens.

— Il y a plusieurs façons de l'utiliser. Voici ma préférée.

Il passe le manche en bois poli entre mes lèvres et l'utilise pour titiller ma chatte. Je crie. Il passe la main devant moi et enfonce le manche en bois entre mes dents.

— Tiens ça, m'ordonne-t-il.

Je mords le morceau de bois. L'odeur de mon sexe flotte tout autour de moi. Ma cyprine s'écoule du manche, juste sous mon nez.

— Ensuite, on a une cravache. Je n'ai jamais aimé les chevaux. Mais ça, c'était avant de connaître cet endroit.

Je plisse le front. Il y a des chevaux dans ce club ?

— Pas les chevaux auxquels tu penses. Mais on monte beaucoup, ici.

Une fois de plus, il touche les lèvres de ma chatte, mais cette fois avec la claquette à l'extrémité de la cravache. Il frotte assez fort pour que le plaisir m'envahisse. Je gémis presque et laisse tomber le fouet.

— Ah, ah, fait-il en tapotant le côté de ma hanche avec l'extrémité de la cravache, puis il m'administre un coup sec, ce qui enflamme ma fesse droite.

Il tapote ma fesse inférieure gauche avant de la marquer de la même façon.

— Si tu lâches encore le fouet, on arrête tout.

C'est la meilleure menace qu'il pouvait donner. Je serre les dents et mords le bois de toutes mes forces. Je vais finir par laisser des traces de dents sur ce truc. Si je l'abîme, aurai-je une amende ? Peut-être que le club me laissera emmener ce jouet si je dois le payer. Ce fouet sera à moi.

Il frappe le bas de mes cuisses, une fois de chaque côté. Je respire par le nez et je garde ma mâchoire fermement serrée.

— Gentille fille.

Il glousse maintenant et me tourne autour. Il ne tient plus la cravache. Une fourrure soyeuse effleure mes fesses et mes hanches. Puis je sens les pointes des griffes métalliques tourbillonner sur ma peau. Bon sang. Je me déplace sur le banc.

Il retire le gant en fourrure et tire sur mon string, le faisant remonter entre mes fesses.

— Et maintenant, la canne, annonce-t-il. Ça va faire mal, mon cœur. Mais je ne te donnerai qu'un seul coup.

Une longue tige en bois me frôle le dos, puis heurte ma peau violemment. Je convulse dans un hurlement. Le fouet tombe de ma bouche.

— Oh, non, vilaine fille. Regarde ce que tu as fait.

Il ramasse le fouet. La marque de mes dents est gravée sur le manche.

— Je laisse passer si je peux cravacher tes seins.

Je hoche la tête.

Il attrape ma tresse et me tire vers le haut. Je suis toujours à genoux sur le banc rembourré.

— Les bras derrière le dos, m'ordonne-t-il.

Il doit m'aider. Il colle mes avant-bras l'un à l'autre et me fait attraper le coude opposé avec chaque main, de façon à ce que mes bras forment une sorte de carré. La position fait ressortir mes seins. J'ai encore mon soutien-gorge, mais pas pour longtemps. Il tire sur la dentelle fragile pour faire remonter mes seins.

— C'est charmant.

Il baisse la tête et lèche mon téton gauche. Oh, mon Dieu. J'halète et je fixe sa chevelure noire. Il est tellement excitant.

Il relève la tête et m'embrasse en léchant ma lèvre.

Puis, il titille mon téton gauche. Je gémis.

Il tire sur mes cheveux pour que je m'agenouille.

— La prochaine fois que tu seras vilaine, je t'attacherai les tétons. Puis, je les titillerai avec la cravache jusqu'à ce que les pinces tombent.

Ma respiration s'accélère. J'ai envie de hurler que je suis désolée de l'avoir déçu. Je veux le supplier de me punir autant que possible maintenant. J'ai envie de crier « oui, pitié » !

— Ce soir, on va faire simple, dit-il la cravache à la main et il tapote mes seins avec la claquette en cuir. Quelques marques sur ces beautés et on sera quittes.

J'acquiesce et je me cambre pour pousser mes seins contre la cravache.

Il relève mon menton avec la pointe de l'instrument.

— Souviens-toi de respirer.

Clac ! La cravache s'abat sur un sein. Je me mords les lèvres jusqu'au sang. Ma peau prend une teinte rougeâtre. Il cravache l'autre sein, puis taquine le téton. Oh, non.

Je pousse un cri lorsque la cravache s'abat sur lui. Je me tortille un peu et il m'oblige à me redresser avant d'infliger un coup sec à l'autre téton.

Il laisse tomber l'instrument.

— Gentille fille. Tellement gentille. Une dernière chose, dit-il en me montrant le fouet que j'ai choisi.

Je recule comme si j'avais vu un serpent.

— Pas ce soir, dit-il. Peut-être la prochaine fois.

Dieu merci.

Il me prend dans ses bras comme si j'étais une jeune mariée. Automatiquement, je m'accroche à son cou alors qu'il m'emmène devant un rideau. Derrière le tissu en velours se trouve une alcôve faiblement éclairée.

Il s'assoit et me place sur ses genoux, les jambes sur les siennes, pour que je sois assise dos à lui, jambes écartées.

— Caresse-toi, mon cœur. Montre-moi comment tu te donnes du plaisir.

Quand il me voit hésiter, il prend ma main droite et la place entre mes cuisses.

— Montre-moi, insiste-t-il.

Sa main couvre la mienne. Ses jambes s'écartent et m'exposent davantage. Je me sens si petite comparée à lui.

— Tu te caresses ? demande-t-il d'une voix semblable à de la soie. C'est bon ?

Je hoche la tête.

— Que dis-tu quand je t'offre de jolies choses ?

— Merci, monsieur.

Je reconnais à peine ma voix. Elle est aiguë et haletante, aussi séduisante que celle de Marilyn Monroe.

— Gentille fille, dit-il en appuyant sa main sur la

mienne pour imiter mes mouvements. Tu ne caresses que ton clitoris ? Tu ne te pénètres pas ?

— Non. Je suis vierge, je réponds sans savoir ce qui me prend.

Ses doigts se figent et mon cœur cesse de battre.

— Est-ce… ça va ?

— Oh oui, mon cœur, ça va plus que bien.

Ses doigts recommencent à bouger en appuyant sur les miens contre mon sexe. Pendant ce temps, il pose ses lèvres sur mon épaule.

— Sucrée, murmure-t-il, l'air ivre. Tellement sucrée. J'aimerais juste y goûter un peu.

Je me détends contre lui et referme les yeux tandis mon orgasme monte.

~

DIMITRI

MA PETITE HUMAINE EST IRRÉSISTIBLE. Exquise. Dommage qu'elle soit vierge. La toucher serait enfreindre toutes mes règles. Pas de vierges. Pas d'innocentes. Je veux une femme que je peux détruire et abandonner. Beaucoup de femmes le demandent et en ont envie. Certaines me supplient même.

Quelqu'un comme Gwen pourrait s'attacher. Même si je nettoyais son esprit, cela pourrait laisser une cicatrice émotionnelle. Ce n'est pas un hasard si je ne joue jamais deux fois avec la même femme. Je préfère ne pas briser de cœurs.

Ou avoir le cœur brisé. Une fois seulement, il m'est arrivé de tomber amoureux d'une mortelle.

Je ne referai pas cette erreur.

Gwen est douce et fragile. Intacte. Impressionnable. Ça la briserait. Ce n'est pas moi qui devrais être son premier. Mais je suis tellement près d'être en elle. J'en veux plus.

Et qu'est-ce que vivre sinon que de danser au bord d'un volcan ?

Mes doigts trouvent l'entrée de sa chatte et se glissent à l'intérieur. Ses muscles internes se contractent et se referment sur mon doigt. Elle gémit et ses hanches se balancent involontairement. Elle en a désespérément besoin.

— Dimitri, gémit-elle.

Je commence à retirer mes doigts, mais elle attrape mon poignet et me force à continuer.

— Petite… dis-je en me léchant les lèvres.

— S'il te plaît. J'en veux plus.

Je suis vaincu. Je ne peux plus me retenir.

J'incline sa tête en arrière, exposant son cou parfait. Son pouls saute et s'emballe. Mes crocs palpitent et s'aiguisent comme des rasoirs. D'un mouvement trop rapide pour qu'un humain puisse le voir, je tourne la tête vers la sienne et enfonce mes crocs dans sa chair tendre.

Gwen halète et gémit. Son corps se tend et tressaute dans un orgasme explosif. Ma queue palpite. Si on était en couple et si elle était prête, je me déshabillerais et je la pénétrerais tout en la buvant. Mais elle n'est pas prête pour ça. Peu importe à quel point elle me supplie.

Je ne devrais pas faire ça. Je ne devrais pas être ici avec elle. C'est une putain de vierge et j'ai un code de conduite. Mais j'ai trop faim pour arrêter de boire.

Son sang est sucré et chaud. Je suce son cou avec des gorgées intenses. Je laisserai un suçon sur sa peau.

Je perce mon doigt et utilise une goutte de mon sang pour sceller sa plaie. Sa peau guérira plus vite, mais la marque rouge perdurera. Demain matin, elle verra le suçon dans son miroir et elle essaiera de se souvenir de moi.

C'est dommage que je doive nettoyer son esprit et lui faire oublier.

J'ai violé mon code. J'ai bu une vierge et lui ai offert l'extase ultime. Elle est innocente, elle n'a rien à faire dans ce monde. Je dois la laisser partir.

C'est étrange, mais je n'ai pas du tout envie de le faire.

Toujours dans mes bras, je prends son menton pour la forcer à croiser mon regard.

— Regarde-moi, Gwen.

Ses yeux croisent les miens. Ils sont vert émeraude. Je n'ai jamais vu d'aussi beaux yeux. Et ils ne me reverront plus jamais.

— Oublie tout ça, dis-je en pénétrant dans son esprit. Oublie-moi. Tu as dansé à l'étage pendant toute la nuit. Tu as passé un bon moment, mais tu ne veux plus jamais revenir au Toxic.

Je suis un salaud d'ajouter cette dernière partie. D'habitude, je ne suis pas possessif envers les mortelles avec lesquelles je m'amuse. Surtout depuis que j'ai instauré la règle stricte d'une nuit maximum. De cette façon, il n'y a aucun risque de s'attacher ou de devenir possessif. Et pourtant, je ne peux pas supporter l'idée que mon innocente Gwen revienne ici et qu'un autre vampire profite d'elle. Lucius veille à la sécurité des mortels qui jouent ici, mais il n'empêche…

Je n'aime pas ça.

Donc, j'efface ses souvenirs et je la libère. Je la mets à l'abri d'autres énergumènes comme moi.

CHAPITRE TROIS

Gwen

Le soleil me gifle en plein visage. Je me retourne en gémissant et attrape mon téléphone. Il est presque midi. Je suis sortie hier soir. Je me concentre pour essayer de me souvenir. Des coins sombres, de la musique lancinante. J'ai dansé toute la nuit. Mais il y avait quelque chose de merveilleux à ce sujet. C'était quoi ? Peut-être que je me souviendrai mieux après un bon thé.

J'ai mal aux fesses. Est-ce que je suis tombée ? Je me précipite vers le miroir pour vérifier, mais je vois à peine une marque. Une légère contusion et une ligne rouge. Comment je me suis fait ça ? Et pourquoi ça me déçoit de ne pas trouver d'autres marques ? Comme si je m'attendais à voir quelque chose. J'aperçois un suçon sombre sur mon cou et je halète de plaisir. J'essaie de me rappeler qui me l'a donné, mais… rien ne me vient.

Ma chatte palpite, affamée.

Je consulte mon portable à nouveau. J'ai un texto d'Aurélia, ma meilleure amie et un appel manqué de Chad.

Chad. Pff. Je me souviens très bien de lui, par contre.

J'ignore son appel et j'envoie un texto à Aurélia.

Je suis debout ! J'ai passé une longue soirée au club Toxic.

Elle répond une minute plus tard. *Tu y es allée ? Seule ?*

J'écarte mes cheveux de sur mon visage et les coiffe en arrière. Suis-je allée au Toxic ? Tout me semble avoir été un rêve. Je me souviens avoir marché jusqu'au club dans ma robe blanche. Le videur m'a laissée entrer. Je voulais commander une boisson. Chad était là, avec son petit ami… Le reste est un peu flou. J'ai dansé toute la nuit. J'en suis persuadée, mais je ne me souviens pas l'avoir fait.

Oui, je réponds par texto. *Chad était là.*

Des petits points apparaissent et disparaissent à plusieurs reprises. Puis mon téléphone sonne.

— Chad ? me lance Aurélia sans préambule. Ce connard était là-bas ?

— Ne l'appelle pas comme ça, dis-je en gloussant.

— Il le mérite. Il s'est comporté en connard avec toi.

— Ouais.

Je ne mentionne pas l'avoir surpris avec son petit ami.

— Alors ? Il t'a parlé ?

— Il est venu me saluer, la conversation n'a pas duré longtemps. Tout s'est bien passé.

Je suspecte qu'Aurélia n'en croit rien.

— Je suis désolée qu'il ait gâché ta soirée.

— Il ne l'a pas gâchée. Je me suis bien amusée. J'ai rencontré quelqu'un, dis-je en touchant le suçon sur mon cou. Du moins, je pense. Mes souvenirs sont flous, mais je me souviens d'un visage. Des yeux et des cheveux foncés, une peau mate. Une petite barbe bien taillée encadrant des lèvres parfaites.

— Ah bon ? fait Aurélia, méfiante. C'est qui ?

— Juste un mec.

J'ai beau fouiller ma mémoire, tout est flou.

— Il s'appelle comment ? dit-elle d'une voix un peu aiguë.

Je me hérisse, non pas à cause du ton de sa voix, mais parce que je ne me souviens pas de son nom. Je me souviens à peine de son visage.

— Euh…

— Peut-être que je devrais t'accompagner si tu veux y retourner. Cet endroit est un peu louche.

Le Toxic n'a rien de louche, mais je vois ce qu'elle veut dire. Les gens mentionnent le club avec prudence. Comme s'il était dangereux.

Mais je ne me suis pas sentie en danger là-bas. Bien au contraire. Il y avait quelque chose qui me faisait me sentir en sécurité. Même si je suis incapable de me souvenir de tout.

— C'était sympa. Je me suis bien amusée.

— On ne va pas au Toxic pour s'amuser, rétorque mon amie. Mais je suis ravie d'entendre que tu as eu une bonne expérience. La prochaine fois, Charlie et moi on t'accompagnera.

Pour je ne sais quelle raison, j'ai le sentiment que je n'y retournerai plus, mais ce qu'elle dit ouvre le champ des possibles. Oui, je vais y retourner.

— Que dirais-tu de ce soir ? je lui propose. Pour fêter Halloween.

— Ouah, tu t'es vraiment bien amusée. Je vais voir avec Charlie, mais ça devrait être bon.

QUAND J'ARRIVE AU TOXIC, il fait déjà nuit. Je porte une robe noire moulante de type bondage. Je n'ai jamais porté ce type de robe. Je me la suis achetée à midi. Je ne sais même pas ce qui m'a pris. Je voulais juste porter quelque chose de noir et de coquin pour aller au club.

Il y a une file d'attente devant l'entrée, mais une fois la surprise de me revoir passée, le videur me fait signe de venir vers lui. J'ai une impression de déjà vu en observant son visage mal dégrossi.

— Bonsoir, lui dis-je.

— C'est ça ton déguisement ?

Je porte la main à mon serre-tête et je caresse les petites oreilles.

— Ouais, je suis une chatte.

— Eh bien, mon petit chat, il y a un code vestimentaire spécial ce soir.

— Oh !

Ma petite bulle de bonheur éclate.

— Sur le thème du bal masqué.

Le videur s'écarte et décroche le cordon rouge pour permettre à un couple de se faufiler à l'intérieur. Il s'agit de deux femmes, l'une avec de longs cheveux blonds, l'autre avec de courts cheveux roses. La blonde porte une robe de bal sophistiquée et l'autre un smoking. Toutes deux portent des masques élaborés, blancs et dorés. La fille aux cheveux roses me fait un clin d'œil.

— J'adore les oreilles, petite, me lance-t-elle en disparaissant à l'intérieur.

Je tourne sur mes talons et me dirige vers ma voiture. Je voulais tellement aller au Toxic ce soir. Comment si le destin m'avait appelée.

Au bout de quelques pas, je vois une silhouette sombre me bloquer le passage.

— Tu es perdue, ma jolie ?

Je lève les yeux et je vois l'homme de mes rêves. Il me surplombe. Il porte un smoking et un masque noir qui dissimule une partie de son visage. Le tissu noir donne un effet dramatique à ses beaux yeux sombres.

— Salut, je balbutie avec difficulté.

Il me détaille de haut en bas et hausse un sourcil.

— Du noir ce soir.

— Ouais, dis-je, hésitante. On se connait ?

Il penche la tête sur le côté.

— Tu veux entrer ?

— Plus que tout.

Il glousse et je ris aussi. J'ai l'air assez désespérée. Il m'offre son bras.

— Tu me fais confiance ?

— Non.

Je ne devrais pas, en tout cas. Mais en vérité, c'est le cas. Parce que j'ai l'impression de le connaître. J'accepte son bras.

— Mais j'irai avec toi ce soir, j'ajoute.

— Je m'appelle Dimitri, dit-il et ce prénom me semble familier.

Je veux lui dire que je connais son prénom, mais je n'ai aucune raison de le faire.

— Je m'appelle Gwen.

Son regard se promène sur moi et s'arrête sur les oreilles de chat. Il me conduit jusqu'au videur.

— C'est mon invitée, explique Dimitri.

— Il lui faut un masque, dit le videur.

— Ah oui.

Dimitri tapote sur sa poche et en sort un masque soyeux. Il est blanc. Je portais du blanc hier soir. La couleur me fait réfléchir. L'espace d'un instant, il me semble me souvenir d'un commentaire sur ma robe blanche, mais le souvenir s'évapore.

J'incline mon visage vers le haut et laisse Dimitri fixer le masque sur ma tête. Il l'attache et m'offre son bras.

— On y va ?

À l'intérieur, l'espace sombre est à la fois nouveau et familier. J'ai beau fixer la piste de danse où je suis censée avoir dansé hier soir, mais je ne m'en souviens toujours pas.

Dimitri me conduit au bar, mais j'hésite. Il le sent et s'arrête. Il attend en silence. J'ai l'impression qu'il attend que je dise quelque chose.

Je jette un coup d'œil autour de moi et j'aperçois la porte du vestiaire. Un souvenir traverse mon esprit, mais il s'échappe aussitôt.

Je me lèche les lèvres. Je ne sais pas quels mots vont sortir de ma bouche, mais je fais confiance à mon instinct.

— Je veux aller en bas.

— Tu y es déjà allée ?

Je sonde ma mémoire. La réponse devrait être non, mais quelque chose me retient.

— Oui, dis-je lentement.

Il semble s'apprêter à dire quelque chose. Mais sans protester, il me fait traverser le vestiaire, passer devant deux énormes videurs et descendre des escaliers cachés. Un parfum doux, mais sulfureux, chatouille ma mémoire et m'accueille.

En bas des escaliers, je m'avance avec enthousiasme vers le coin BDSM comme si c'était un vieil ami.

Dimitri semble pensif. Il me conduit à un fauteuil en cuir rouge et s'assure que je suis bien installée avant de s'enfoncer dans son propre siège.

— Tu veux boire quelque chose ?

Il lève un doigt et un serveur vêtu de noir s'approche et s'incline assez près de Dimitri pour que ce dernier puisse lui chuchoter à l'oreille. Je croise et décroise mes jambes, trop excitée pour rester immobile.

Dimitri termine la commande et s'installe confortablement sur son siège en croisant les doigts.

— On dirait que tu connais cet endroit, mademoiselle Gwen.

— Je m'en souviens. Je crois.

— Tu crois ? dit-il en haussant un sourcil sombre.

— Il était une fois un rêve, je réponds en haussant les épaules.

D'autres couples descendent les escaliers. Je revois le couple de femmes croisé plus tôt et deux hommes vêtus de robes élégantes qui rendraient Marie-Antoinette verte de jalousie.

Je serre mes jambes l'une contre l'autre, soudain gênée par ma tenue.

— Détends-toi, murmure Dimitri comme s'il pouvait lire dans mes pensées. Tu es adorable. Je ne changerais pas une seule chose chez toi.

— Merci, dis-je en me léchant les lèvres.

— C'est quoi ton déguisement d'Halloween ?

— Je suis une chatte. Miaou.

— Dois-je te caresser ?

— Si tu veux, dis-je d'un ton guindé tout en écartant mes cuisses.

Je ne porte pas de culotte.

Les yeux de Dimitri s'assombrissent tandis qu'il se délecte de la vue offerte par mon entrejambe.

— La petite chatte veut jouer ?

— Plus que tout, dis-je d'une voix grave et sensuelle.

Le serveur revient avec notre commande. Dimitri prend son verre et retire le deuxième objet du plateau. Il le tient en l'air pour que je le voie. Mon estomac se retourne et ma bouche devient sèche.

— Toute chatte a besoin d'une queue.

Il la secoue devant lui et la tourne pour en montrer tous les angles. C'est une sorte d'ampoule en métal argenté à laquelle est attachée une longue queue en fourrure rose.

— Alors, petite chatte ? Tu es prête ? me défie-t-il avec un sourire en coin.

Il m'a bien eue, mais il ne gardera pas l'avantage longtemps.

Je glisse en bas de mon siège et me mets à quatre pattes. Je rampe sur le sol avec toute la sensualité dont je suis capable. Le feu noir que je vois danser dans ses yeux me confirme que je suis excitante. Arrivée devant lui, je pose ma tête sur son genou.

— Gentille petite chatte, dit-il, l'air surpris, mais il me caresse les cheveux en arrière. Allonge-toi sur mes genoux.

Je m'exécute et m'allonge sur ses jambes musclées. Il relève ma robe moulante. J'essaie de ne pas trembler, mais j'échoue.

Dimitri fait glisser la douce fourrure sur mes fesses.

— La question est de savoir quel trou utiliser.

Il titille ma chatte humide avec le métal froid. Je me tortille et il me gifle le cul.

— Sois gentille, petite.

Je me tortille de plus belle, ce qui le fait glousser.

— Très bien. Je te donnerai ce que tu veux une fois que j'aurais inséré ce plug.

Il le glisse dans ma chatte. Il dilate ma chatte délicate, mais mon corps l'avale en entier.

— On va t'échauffer, d'accord ?

Il attrape mes fesses avec vigueur et je sens toutes mes terminaisons nerveuses se réveiller. Je n'en ai aucun souvenir, mais mon corps se souvient de cette position sur les genoux d'un grand homme, le cul en l'air, recevant une fessée de sa paume dure.

C'est ce que Dimitri fait. Il réchauffe mes fesses en les serrant un peu, puis il les frappe assez fort pour me faire couiner. Il me fesse pendant une bonne minute, s'arrête pour tirer sur le plug et le faire tourner dans ma chatte jusqu'à ce que je me tortille, puis il me fesse à nouveau. Encore et encore, jusqu'à ce que mon cul soit chaud et brillant. Ma chatte palpite et se resserre sur le plug.

— Tu t'en es bien tirée, murmure Dimitri.

Sa voix est pure luxure et péché à la fois. Comme le serpent tentant Ève.

— Mais je crains que tu ne portes pas ta queue correctement.

Il retire le plug de ma chatte. *Oh non.* Je me déplace sur ses cuisses, mais il est trop tard pour m'échapper.

— Tends ta main en arrière et montre-moi où elle devrait être, dit-il.

Non, hors de question. Je m'agrippe à son pantalon bien coupé, en essayant de serrer ses mollets. *Je ne vais pas faire ça, non, non, non.* Un gloussement me dit que Dimitri sait exactement ce qui se passe dans ma tête.

Le plug approche de ma chatte et glisse entre mes lèvres, apaisant mon profond désir d'être pénétrée, et je mouille davantage.

— Si tu le fais, tu auras une récompense.

Merde. Lentement, je tends la main et je saisis mes fesses punies. Je sens que la peau de mon derrière est chaude. J'hésite, puis j'écarte mes fesses. Bon sang, que c'est embarrassant ! Mon visage doit être aussi écarlate que mon cul. Je baisse la tête, essayant de me cacher dans son pantalon. Mais je garde mes fesses écartées.

— Gentille fille.

Bien entendu, il ne me met pas le plug tout de suite. Pourquoi le ferait-il, alors qu'il peut plonger un doigt entre mes fesses rouges et titiller la zone tendre autour de mon trou ?

— Quel joli trou, me complimente-t-il, en continuant à explorer la zone plissée.

J'ai envie de serrer les fesses, mais il a prévu son coup.

Je ne peux pas les serrer s'il m'a demandé de les écarter. Je meurs. C'est tellement mal.

Je suis si mouillée.

Je lui suis presque reconnaissante quand il finit par poser l'extrémité métallique du plug contre mon cul.

— J'ai du lubrifiant au cas où, mais ça me semble bien humide. Voyons jusqu'où on peut aller.

Je meurs ! Il commence lentement à enfoncer le plug. Mes muscles se contractent. Je gémis.

— Tout doux, tout va bien, mon cœur. C'est un petit plug. Ce sera inconfortable, mais tout ira bien.

Eh bien, merci. Je me garde de tout commentaire.

Il appuie de plus en plus et je lui suis reconnaissante de ne pas l'enfoncer d'un coup sec. C'est tellement bizarre, tellement mal. Je halète, la tête penchée vers le sol, mais ma chatte coule à flot. Si je me frotte à sa jambe, son pantalon sera dans un état lamentable.

— Tu te débrouilles si bien. Voilà.

Avec son doigt, il applique une dose généreuse de quelque chose de frais autour de mon anus. Du lubrifiant. Il enfonce son doigt et il parvient à pénétrer mon cul.

Mesdames et messieurs, le doigt de Dimitri est dans mon cul.

— Je pourrais rester comme ça toute la nuit, dit Dimitri. Tu es si chaude à l'intérieur et si serrée.

Morte. Je suis morte. Je balance mes hanches et je gémis. Son doigt sort et je m'affaisse. Mais le plug ne tarde pas à suivre. Il l'insère avec peu de résistance.

— Ça y est. Gentille fille.

Je me tortille, mais je ne trouve pas de position confortable. J'ai un plug dans le cul et mon corps n'arrête pas de me dire qu'il n'a rien à faire là.

— Passons à ta récompense.

Il appuie quelque chose sur mon sexe et le glisse entre mes lèvres jusqu'à mon clitoris. C'est un petit jouet en plastique qui s'anime et bourdonne. Les vibrations intenses déclenchent un interrupteur et mon orgasme explose. Je convulse, sur ses genoux, le cul en l'air, tandis que le plug dilate mon cul. Je sens la queue en fourrure chatouiller l'arrière de ma cuisse.

— Gentille fille. Encore.

Et il me fait jouir encore et encore. Puis, il me montre le jouet d'où s'écoule ma cyprine.

— Bravo, Gwen. Je pense que tu aimes avoir un plug dans le cul.

J'ai envie de protester, mais je ne trouve pas de contre-arguments. Dimitri m'aide à me relever et écarte les cheveux de sur mon visage.

Je fronce le nez et gigote sur ses cuisses en béton pour signifier mon mécontentement.

— Ne fais pas la moue, petite chatte. Tu es si jolie, dit-il en lissant ma robe. Ton déguisement est presque complet.

Il a raison. En scrutant la salle, je vois tous ces gens bien habillés, mais je ne me sens plus à l'écart. Je me suis donné autant de mal qu'eux pour mon déguisement. Voire plus.

— Tout doux. Tu vas être sage ?

— Miaou.

Il détourne le visage pendant une seconde, mais je le vois sourire.

— C'est ce que je me disais. Tu es un gentil chaton, mais il te manque un truc.

Il brandit un long ruban blanc. Un souvenir refait surface dans mon esprit, puis il disparaît, s'envolant loin vu la suite des événements.

Dimitri attache le ruban autour de mon cou pour en faire un collier de fortune. Mon cœur bat la chamade.

— Quand tu portes ça, appelle-moi *monsieur*.

Appelle-moi monsieur. Un souvenir jaillit en moi et je manque de défaillir.

— Mon cœur ?

Mon cœur. Je suis venue ici hier soir. J'ai été fessée par un bel homme à qui j'ai donné toute ma confiance. Il m'appelait *mon cœur.*

— Gwen ? Tout va bien ?

L'obscurité m'envahit et aspire le souvenir.

— Oui, monsieur. Merci.

On vient de me mettre un collier. Ça semble important. Je niche mon visage dans le creux de son cou pour me blottir contre lui le plus possible. S'il s'écarte, je n'insisterai pas, mais pendant une seconde, j'ai besoin de cette proximité.

Il ne me repousse pas. Au contraire, il m'entoure de ses bras.

— Tout le plaisir est pour moi.

Sa voix semble étrange. A-t-il des doutes ?

Je reste comme ça, blottie contre lui sur ses genoux, alors qu'il me caresse et m'apaise.

— Qui est-ce, Dimitri ? dit une voix masculine, l'air amusé.

Je note un léger accent. Dimitri passe une main dans mon dos.

— C'est ma chérie Fluffy.

— Je vois.

Si l'homme trouve bizarre qu'une adulte en robe d'où ressort une queue en fourrure soit assise sur les genoux de Dimitri, il n'en laisse rien paraître.

— Ça fait plaisir de te voir pour les festivités de ce soir. Est-ce que tu veux réserver la Croix de Saint-André pour plus tard ? Au cas où ton petit chat se comporterait mal ?

— Non, lui répond Dimitri en continuant de caresser

mes cheveux, comme si j'étais un chat. Elle est très bien dressée. Je m'en suis assuré.

— Très bien.

Il y a une pause et je sens que l'homme s'est éloigné.

— Tu attires l'attention, mon cœur, me chuchote Dimitri. Ils caresseraient tous mon petit chat s'ils le pouvaient. Tu es si adorable, qui pourrait te résister ?

Je frémis, toujours blottie contre lui, les yeux fermés.

— Tu ne les laisserais pas faire, n'est-ce pas ?

— Non. Pas ce soir. Ni jamais, à moins que tu ne le veuilles.

J'essaie de m'imaginer vouloir quelque chose de ce genre, mais je n'arrive à penser à rien d'autre qu'à quel point il est bon d'être dans les bras de Dimitri. Peut-être que je devrais arrêter de penser et me contenter de profiter de l'instant présent.

On se prélasse ensemble, en regardant les couples profiter du club. Je me raidis quand j'aperçois Chad. Oh, mon Dieu ! Il est aussi peu vêtu que moi.

Son amant le conduit à un banc de fessée et le fait se coucher en travers. Puis, il lui attache les chevilles et les poignets.

Je ne veux pas regarder, mais je ne peux pas détourner le regard. Je me dis que ce n'est pas étonnant qu'on ait été de si bons amis. On est des soumis. Il nous faut le même genre d'amant : un maître séduisant et puissant, mais aimant.

— Tu le connais ? me demande Dimitri, même si je ne comprends pas comment il pourrait le savoir.

Je hoche la tête.

— On était fiancés. Il ne m'a jamais avoué qu'il était gay. Je l'ai découvert ici, hier soir.

Dimitri me laisse boire une petite gorgée de son verre.

— Il a l'air épanoui. Es-tu heureuse pour lui ?

Heureuse pour lui ? Euh…

— Pas encore. Je dois admettre que je suis encore en colère contre lui. Il ne m'a jamais rien dit, alors qu'on est restés ensemble pendant huit ans ! On n'a jamais fait l'amour. Que de temps perdu !

— Tu as encore le temps de te rattraper, dit Dimitri en esquissant un sourire.

Oui. Avec lui.

Je me surprends à étudier ses traits. J'ai une forte sensation de déjà-vu.

— Je te connais, lui dis-je alors que son visage tangue sur le bord de ma mémoire. Je t'ai déjà rencontré. Il était une fois un rêve.

— Mon cœur…

— Est-ce que tu crois à l'amour véritable ? Au destin ?

— Aux contes de fées et aux histoires qui finissent bien ? ricane-t-il.

— Pourquoi ça ne pourrait pas exister ?

Je me mords la lèvre, mais il est trop tard pour ravaler ma question.

— J'ai vécu longtemps. J'ai vu plein de choses. Même si tu trouves le grand amour, les fins de contes de fées ça n'existe pas. Toutes les belles choses meurent, explique-t-il, mais quand il voit mon expression déçue, il me tapote la lèvre. Continue de rêver, mon cœur. Les rêves, c'est tout ce qu'on a.

— Quel cynisme !

— J'ai vécu trop longtemps. J'ai aimé et perdu.

— Je suis désolée pour ta perte, je murmure et la lassitude dans son expression s'adoucit.

Je veux lui demander plus de détails, qui il a perdu, mais il me devance en passant un doigt sur mon téton à travers ma robe.

— Si ça peut te consoler, Gwen, tu me redonnes l'envie de croire.

Je ne sais pas où je trouve le courage, mais je lui retire son masque. Je le fais assez lentement pour le laisser m'arrêter, mais il n'en fait rien. Le tissu soyeux tombe. Quand je vois son visage, j'ai l'impression de recevoir un coup de poing en plein ventre. Il est beau comme le péché, mais ce n'est pas ce qui me fait haleter.

— Je te connais !

— Non, mon cœur. Tu ne me connais pas.

Sa bouche parfaite esquisse un sourire, mais je le vois tenter de sonder mon esprit.

— C'est impossible, ajoute-t-il.

Je veux le toucher, mais le doigt tendu, j'hésite. Mon doigt est à un millimètre de sa joue.

— Alors je veux te connaître.

Il prend mon doigt et le porte à sa bouche. Il suce fort et je ressens un flot d'excitation me traverser, surtout entre mes cuisses.

— Je suis vierge, lui dis-je.

— Je sais, répond-il l'air résigné. Je ne devrais pas faire ça.

— Je le veux. Je le veux avec toi.

Je suis maintenant à califourchon sur sa jambe et me frotte à elle. Ma robe remonte à ma taille, mettant mes fesses à nu et révélant ma queue, mais je m'en moque. Je pose mes mains sur ses épaules et je plante mon regard dans le sien. Et je me frotte à lui, encore et encore.

Les mains de Dimitri se posent sur mes fesses. Ses doigts s'enfoncent dans ma chair et je ressens le vif souvenir de ma fessée.

— Tu es proche de jouir, chaton ?

Je me mords la lèvre en hochant la tête. Il tord ma

queue et je couine, baissant ma tête contre son épaule dans un gémissement.

— Tu es très vilaine. Je ne t'ai pas donné la permission de te frotter contre moi comme ça.

— S'il te plaît, je halète, enfouissant mon visage dans son col amidonné.

Il sent divinement bon. Je tourne la tête et je lèche sa nuque.

Je le sens se raidir et il me récompense, ou plutôt me punit, en m'arrachant presque la queue du cul. Je gémis quand le plug argenté dilate mon anus. Ma chatte pleure.

La joue barbue de Dimitri frotte contre la mienne.

— Peut-être que je devrais ramener mon chaton à la maison et lui apprendre à être gentil.

— Oui, monsieur. S'il te plaît.

— Tu es sûre ? demande-t-il sur un ton plus sérieux, hors de son personnage, et je réponds en tant que Gwen.

— Oui, monsieur. J'en suis sûre.

— Très bien.

Il se lève et me soulève en même temps.

— Viens, princesse. Mon palais t'attend.

Il me repose par terre pour me laisser marcher, mais il me garde contre lui. Au lieu de me donner la main, il me prend par le poignet en me conduisant vers les escaliers.

CHAPITRE QUATRE

Gwen

ALORS QU'ON sort du club, je fais un clin d'œil à la dame aux cheveux roses. Et au videur. Je me pavane devant tout le monde, tandis que la queue soyeuse me chatouille l'arrière des cuisses. Qui suis-je ? Qu'est-ce que je suis devenue ?

La voiture de Dimitri est garée juste devant le club. Elle est d'un noir mat super élégant. Le genre de véhicule que Batman conduirait. Alors qu'on approche, Dimitri doit avoir appuyé sur une sorte de bouton, car les portes s'ouvrent vers le haut, comme des ailes.

Je vois quelques mecs en train de fumer se donner des coups de coude, pendant que Dimitri m'aide à monter.

— Putain de merde, une McLaren ! dis-je tout sourire, en entrant.

Dimitri monte dans la voiture et elle démarre dans un ronronnement.

— Que fais-tu dans la vie ? je demande.

Il est manifestement plein aux as, mais il n'a rien d'un homme d'affaires coincé. Il passe ses soirées dans une boîte de nuit comme s'il n'avait rien de mieux à faire.

— Je suis antiquaire, répond-il. J'achète et je vends des objets anciens.

Je le regarde, fascinée.

— Un féru d'histoire ?

— On peut dire ça, dit-il en riant. Je m'y connais particulièrement bien dans les deux siècles et demi précédents.

— Tu viens d'où ?

Je perçois un léger accent, mais je n'arrive pas à en situer la provenance.

— Ma famille est originaire de Corfou. Je possède encore pas mal de biens là-bas. Mais j'ai voyagé dans le monde entier.

— Tu vis ici ou tu es de passage ?

— Je suis de passage.

De la déception perce à travers la couverture de bonheur que je ressens depuis qu'il m'a offert son bras et m'a escortée dans le club.

— Pour combien de temps ?

— Quelques mois, peut-être plus, dit-il en haussant ses épaules élégantes.

— Et qu'est-ce qui t'a amené au Toxic ?

— Je suis ami de longue date avec le propriétaire, Lucius Frangelico, dit-il avec un sourire. C'est à moi de poser des questions. Que fais-tu dans la vie, mon cœur ?

— J'étais éducatrice spécialisée, mais je vais reprendre mon master en travail social.

— Ça ne m'étonne pas, dit-il d'une voix de velours.

— Pourquoi ?

Il glisse une main sur mon genou et effleure ma peau nue de ses doigts.

— C'est une profession désintéressée. C'est parfait pour toi, ma douce Gwen. J'applaudis ton choix. Ça te va bien.

Ses mots me réchauffent et je me penche en arrière contre le siège en cuir, me déplaçant légèrement parce que j'ai toujours le plug enfoncé dans le cul. Je me suis pavanée partout avec une queue dans le cul. Je suis passée devant mon ex et je suis montée dans une voiture qui coûte autant qu'une maison. Je pars avec un homme que je viens de rencontrer, un homme que je semble connaître sans me rappeler comment. Et maintenant, je m'apprête à perdre ma virginité avec lui.

Bon sang, qu'est-ce que je fais ? Est-ce que c'est vraiment moi ?

— Respire, jolie fille, murmure Dimitri sans me regarder. Tu en as toujours envie ?

— Oui, dis-je en hochant la tête.

Je n'ai jamais été aussi sûre de quelque chose de toute ma vie. Il me fait me sentir en sécurité. Bien plus que Chad, alors qu'on était les meilleurs amis du monde. Du moins, c'est ce que je croyais.

Mon téléphone vibre et je vois qu'Aurélia m'a envoyé un texto. *Je suis au Toxic pour le bal masqué. Où es-tu ?*

Je passe la nuit avec un mec, je réponds. *Je t'enverrai un message quand je serai là-bas et dans la matinée.*

Des petits points apparaissent tout de suite. Aurélia écrit quelque chose. *Tu es sûre ?*

Oui est ma réponse. Je n'ai jamais été aussi sûre de quelque chose. Je ne sais pas pourquoi, mais j'en suis persuadée. Je regarde Dimitri. Les ombres et le clair de lune dansent sur son visage. Son expression est une énigme. Un instant, il est beau comme le diable avec des lèvres pleines qui appellent au péché et l'instant d'après, il est le diable en personne avec une pointe de cruauté qui s'esquisse sur ces mêmes lèvres. Et pourtant… Et pourtant… Je le connais. Avec lui, je ressens une connexion que je n'ai jamais ressentie avec aucun autre. C'est au niveau cellulaire. Il me fait me sentir spéciale et en sécurité.

Quand je suis avec lui, j'ai l'impression d'être dans un conte de fées. Ça peut paraître fou, mais je crois au véritable amour et au destin. Et je crois fermement être faite pour lui.

On roule à toute vitesse sur l'autoroute. On dépasse le Sentinel Peak qui arbore le célèbre « A » sur son flanc et on arrive dans un quartier de Tucson que je ne connais pas. La voiture embrasse le béton sombre comme une amante. On s'enfonce dans la banlieue chic. Les maisons deviennent de plus en plus belles. Je m'apprête à lui demander où on va quand il s'engage sur une allée chic avec de grands portails et passe devant un panneau géant indiquant *Lodge Sunwolf*.

Je suis bouche bée. Je deviens encore plus ébahie en voyant le complexe hôtelier apparaître dans toute sa splendeur. Cet hôtel-casino est flambant neuf. Des hectares de terrains de golf mènent aux bâtiments géants de couleur grès.

L'espace d'une seconde, mon cœur cesse de battre. J'ai peur que Dimitri ne s'arrête à l'entrée principale et ne me fasse parader, plug dans le derrière, devant tout le monde. Je me tasse dans mon siège en me demandant comment dissimuler la queue. De couleur rose vif, elle est immanquable.

Mais au dernier moment, la voiture dévie et se dirige vers un garage caché. Il se gare tout au bout de la rangée, juste à côté d'un ascenseur.

J'envoie mon emplacement à Aurélia par texto et je jette mon téléphone dans mon sac avant de paniquer. Ça ne m'inquiète pas de me retrouver seule avec Dimitri. Mais qu'en est-il de moi ? Après tout, je n'ai aucune expérience.

Et malgré ma fanfaronnade dans le club, je ne sais absolument pas ce que je fais. Et si je foire tout ? Et si je fais quelque chose de mal ?

La porte de la voiture se lève et Dimitri me tend la main. Dans l'obscurité, il ressemble à un prince arabe m'invitant à faire une virée sur un tapis magique. *Tu me fais confiance ?*

Je déglutis et prends sa main. Le plug métallique se déplace dans mon cul, me rappelant qu'il ne s'agit pas d'un conte de fées classique, mais de sa version cochonne.

Mon beau prince me conduit à un ascenseur et utilise une carte magnétique pour l'ouvrir et appuyer sur le bouton de son étage. Je me déplace d'un pied sur l'autre tandis qu'on monte, mais il ne me laisse pas le temps de rêvasser. En un éclair, il me plaque contre la paroi. Il prend mes cheveux dans une main et m'immobilise tandis qu'il me dévore la bouche. Le contact de ses lèvres me submerge. Je suis en état de choc. Heureusement, son corps imposant et la paroi sont là pour me soutenir.

Quand il s'écarte, je vois de la cruauté sur ses lèvres.

— Je vis au dernier étage. Voyons combien de temps il te faut pour jouir.

Puis, il se met à genoux. Il pose ma jambe sur son épaule et me laisse vaciller sur un talon tandis qu'il remonte ma robe. Il enfouit son visage contre ma chatte. Je penche la tête en arrière et heurte la paroi. Des éclairs parcourent ma colonne vertébrale et rendent mes jambes molles. Il me tient toujours contre la paroi, sinon je me serais déjà effondrée.

Ses doigts trouvent ma chatte et s'y enfoncent au même rythme que ses coups de langue sur mon clitoris. Sa barbe me distrait et m'inflige une sorte de douleur piquante. Je veux frotter chaque centimètre de ma peau contre son visage. Je veux qu'il laisse des traces.

Le numéro des étages augmente lentement. *11, 12, 13.* Mais la réalité et le temps ne veulent rien dire. Je suis étendue contre la paroi, les jambes écartées, impuissante face à ses coups de langue bien placés. Je me penche en arrière autant que possible pour pousser ma chatte contre son visage. Bon sang, j'adore ça ! Il me dévore comme s'il était affamé.

Il serre mon cul, ce qui réveille brutalement la douleur de ma fessée. Puis, il tire sur le plug.

Mon orgasme explose et m'anéantit. Je jouis. Mes bras et mes jambes sont pris de secousses. Il se relève et me rattrape.

— Gentille fille.

Il m'aide à reprendre mon équilibre, jusqu'à ce que je hoche la tête, puis il sort un mouchoir et retire ma cyprine de son visage. Il a repris sa contenance habituelle quand l'ascenseur sonne et que la porte s'ouvre.

On se retrouve dans un couloir d'hôtel désert. Il n'y a que quelques chambres à cet étage. Mais quand il s'arrête et me fait face, je sais que c'est le moment pour un test.

— J'ai fait quelque chose de gentil pour toi, dit-il. Que vas-tu me donner en retour ?

— Tout ce que tu veux, je réponds, à bout de souffle.

Il feint d'y réfléchir.

— Est-ce que tu me sucerais ici et maintenant ?

Oh, mon Dieu. Il n'y a personne dans le hall, mais quand même… Quelqu'un pourrait arriver ou nous voir.

Il défait son pantalon et je ne résiste pas. Je tombe à genoux. Il sort sa bite juste devant mes yeux.

— Rampe, petite chatte.

Il recule lentement. Je le suis à quatre pattes, avidement, dans l'attente de ses instructions.

— Tête haute, front bas, dit-il. Balance ton cul,

montre-moi ta queue. Ne me lâche pas des yeux. C'est tout.

Je rampe sur les derniers mètres. Il déverrouille sa porte. Une fois à l'intérieur et la porte refermée derrière nous, il recule à nouveau et me fait ramper à sa suite comme un vrai chat. Je garde le front bas et la queue en l'air, tandis que mes yeux ne quittent pas sa queue comme si c'était ma proie. Il s'assoit et je feins être sur le point de bondir. Il glisse son doigt dans le ruban à mon cou pour m'attirer vers l'avant. J'obéis immédiatement, ne voulant pas risquer de briser le tissu qui enserre ma gorge.

— Je vais te donner ce que tu veux ce soir. Mais d'abord, je vais t'apprendre à me faire plaisir. Ça te plairait ?

Je place mes mains sous mon menton comme si c'était des pattes et je le supplie silencieusement. Il glousse. Une main dans mes cheveux, il m'attire vers lui. Il me fait embrasser son gland et le lécher tout autour. Je goûte à son sperme et à ses couilles, et je fais glisser ma langue le long de la veine dure sur le côté de sa queue. En tenant ma tête des deux mains, il fait glisser ma bouche sur son membre de haut en bas. Je n'arrive pas à le prendre très profondément, car ça m'étouffe. Il me laisse m'adapter et reprendre mon souffle. Je me console en léchant son gland avant qu'il n'enfouisse son membre au fond de ma gorge à nouveau. Cette fois, je le prends plus profondément avant de m'étouffer violemment. J'essaie de me forcer à l'avaler et mes yeux se mettent à couler.

Il doit se retirer de force. Ses pouces essuient mes larmes et enlèvent mon mascara.

— Tout va bien, ça demande de l'entraînement, murmure-t-il.

Il me fait tirer la langue et haleter comme un chien, pendant qu'il passe son gland dessus.

— Tu maîtriseras la technique rapidement. Mais maintenant que j'ai réclamé ta bouche, passons à autre chose.

Je m'attends à ce qu'il m'emmène au lit, mais il me fait m'agenouiller devant lui, dos à lui. J'enfonce mon visage dans le tapis et je le laisse passer ses doigts sur mes fesses, étudiant les marques qu'il a laissées. Il glisse deux doigts de haut en bas de ma fente pour en tester l'humidité. Puis, il tire sur le plug.

— Si j'étais sadique, je baiserais d'abord ce joli trou du cul. Je t'apprendrais à jouir par le cul avant même d'être pénétrée par la chatte.

Je gémis.

— C'est ça que tu veux ? continue-t-il, mais avant que je ne puisse répondre, il me donne une claque sur la hanche. Ce n'est pas à toi de décider, non ?

Un frisson me parcourt. Je ne contrôle rien, mais c'est tellement bon.

Il retire le plug lentement. La dilatation me fait grincer des dents. Mais il se contente de le poser de côté.

— Viens, chérie. Fini de jouer.

Il me fait me relever sur mes genoux et enlève mes oreilles et mon masque. J'avais oublié que je les portais. Puis, il me prend dans ses bras.

— Enlève tes talons, m'ordonne-t-il et je m'exécute.

Il me porte jusqu'à une salle de bain gigantesque et me pose dans la douche.

Après avoir mis l'eau en marche, il retire ma robe. Je suis désormais nue, à l'exception du ruban autour de ma gorge. Je croise les bras sur ma poitrine.

— Tu comptes me laver ou me séduire ? je lui demande.

— Les deux.

Il me fait pivoter et me positionne en dessous du pommeau. La température est parfaite. Je lève mon visage vers la brume chaude, puis j'entends un bruissement derrière moi. Il se déshabille.

Je tente de me retourner, mais je reçois une claque sur les fesses.

— Pas bouger !

— Je ne peux pas te regarder ?

— Pas encore, dit-il d'une voix grave.

Je fais face à la paroi et j'en étudie chaque petit carreau scintillant. Et je suis récompensée presque immédiatement. Un corps imposant et dur me frôle par-derrière. Je me penche en arrière et je sens sa silhouette solide contre moi. Les poils de son torse effleurent ma peau. Puis, son membre effleure mes fesses.

— Penche la tête en arrière, ordonne-t-il.

J'obéis et il se met à me laver mes cheveux. Il le fait soigneusement, mèche après mèche, et il frotte tout mon cuir chevelu avec le shampooing. Je vacille sous le jet d'eau, comme en transe. Après avoir lavé mes cheveux, il met du savon dans ses mains et entreprend de laver mon corps. Il n'évite pas mon sexe. Ma chatte et mes fesses sont soigneusement lavées. Même propre, il continue à me caresser, ce qui me fait frémir d'impatience.

— Je peux te toucher ? je demande.

— Pas ce soir.

Je comprends. C'est une autre façon pour lui d'affirmer sa volonté sur moi. Je protesterais si je n'étais pas si détendue.

— C'est comme ça que tu traites les vierges ?

— Je n'ai jamais connu de vierge, me dit-il et sa barbe me pique la joue quand il baisse la tête pour me murmurer à l'oreille. Tu seras ma première.

Je repousse mes fesses contre sa bite et je les agite sans vergogne.

— Je vais te dépuceller alors.

Son rire résonne dans la douche.

— Oui, ma jolie. S'il te plaît, sois douce.

— Compte sur moi.

Il sort de la douche et se sèche avec une serviette, puis il tend la main devant moi pour éteindre l'eau. Je ne l'ai toujours pas vu tout nu. Mon corps crépite de désir.

Je suis très tentée de me retourner, mais avant que je ne puisse faire quoi que ce soit, il m'enveloppe dans une serviette et me transporte dans ses bras jusqu'au lit. Il me dépose face aux fenêtres et recule. Instinctivement, je sais que je ne devrais pas me retourner. Je veux le voir, mais surtout, je veux le toucher et le goûter. Je veux tout. Et si je dois jouer à la soumise pour avoir ce que je veux, eh bien… je pourrai toujours me plaindre plus tard.

La chambre est magnifique. Elle est immense et offre une vue imprenable sur la ville et les montagnes.

Il a l'air de connaître le coin, même s'il vit dans un hôtel.

— Tu vis ici ?

— Pour l'instant, répond-il.

Mais ce n'est pas vraiment une réponse.

— Tu bosses en ville ?

— Pas vraiment. Je vais de-ci de-là.

J'entends un verre tinter près de mon oreille. Je me retourne et vois un verre à cognac devant mon nez.

— Bois. Rien qu'une petite gorgée. Ça aidera.

L'alcool me brûle le nez et engourdit mes lèvres. Je déteste le goût, mais l'alcool descend doucement et se répand dans mon corps.

Il me reprend le verre et revient s'asseoir derrière moi sur le lit.

— Tu me fais confiance, Gwen ?

Je déglutis.

— Oui.

Sa main entre dans mon champ de vision. Il tient un autre ruban, large et noir.

— Reste immobile, ordonne-t-il et il drape le tissu sur mes yeux, me coupant du monde.

Il va vraiment me baiser avec les yeux bandés ?

Je lui pose la question.

— Bonne idée. Je devrais te faire porter ça tout le temps. Tu ne pourrais pas regarder, mais juste ressentir.

— Pitié, monsieur, dis-je en faisant la moue.

Ses mains couvrent mes épaules et les massent légèrement.

— Pas monsieur. Pas maintenant. Appelle-moi Dimitri.

— Pitié, Dimitri.

— On verra. Maintenant, tais-toi et obéis.

Il me fait m'allonger. Il étale soigneusement mes cheveux encore humides sur l'oreiller, puis il coince mes poignets au-dessus de ma tête.

— Cambre ton dos, petite. Montre-moi ce corps.

J'obéis, les yeux encore bandés. Je peux imaginer ce qu'il voit. Mon corps dénudé, offert et pâle dans la lumière du clair de lune. C'est injuste. Il peut tout voir, tandis que je ne peux que ressentir.

— Je vais faire en sorte que ce soit agréable pour toi, dit-il.

Il relâche mes poignets et je laisse mes bras là où il les a placés. Ses mains parcourent ma peau fraîchement lavée et me massent les seins, me laissant le découvrir à nouveau.

— Cette nuit sera parfaite, promet-il en me caressant. Tu ne devrais jamais te contenter de moins que ça.

— Aucun autre homme ne sera jamais à la hauteur ? je demande pour le taquiner.

Il y a un silence.

— Oui, finit-il par lâcher, mais il semble triste.

Je tends la main vers lui automatiquement.

— Dimitri…

Il s'approche et m'entoure de ses bras. Il est encore nu. Youpi !

Ses lèvres trouvent les miennes. Elles me capturent et me captivent avec de longs baisers qui me droguent. Je reste à moitié ivre, trop détendue pour avoir la force de tendre la main vers ce que je désire le plus. Sa grosse bite qui frotte contre ma cuisse.

Il s'arrête et pose son menton sur ma tête. Je niche mon visage contre son cou, heureuse de me blottir contre lui et de respirer son odeur. Je pourrais passer le reste de mes jours entre ses bras. Si seulement je pouvais rester là pour toujours.

— Tu es si adorable et innocente. Tu es trop parfaite pour moi, ou pour quiconque.

Je ricane.

— Je n'ai aucune expérience. C'est moi qui ne le mérite pas.

Il se moque et je souris.

— Je trouve qu'on a tort de dire « perdre sa virginité », dis-je avec sincérité. Je ne perds rien. Au contraire, je te gagne.

Il y a un silence, puis je sens qu'il tire sur le bandeau. Je cligne des yeux et croise le regard de Dimitri. Son regard est un mélange de ténèbres et de diamants. Ses yeux sont plus beaux qu'un océan d'étoiles.

— Je veux ça, je chuchote. Je te veux.

Dimitri me déplace au sein de son étreinte. Soudain, je me retrouve sous lui. Son corps est sur le mien. Il ne laisse pas tout son poids retomber sur moi, mais je suis piégée de la plus délicieuse des façons. Ses jambes sont lourdes et beaucoup plus longues que mes jambes fines. Son bras et ses épaules enserrent ma tête, je peux sentir leur poids s'enfoncer dans le lit. Mais tout ça s'envole de mon esprit quand il pose ses hanches contre les miennes.

Lentement, il se déplace sur moi, amenant sa bite contre mes lèvres gonflées. Je dois me rappeler d'avaler et de respirer. Son membre est vraiment, vraiment énorme. Un fait que j'ai entraperçu quand j'ai essayé de le sucer.

— Gwen, murmure-t-il. Ma Gwen.

La sienne. J'aime comme ça sonne. J'écarte mes cuisses et j'incline mes hanches pour le recevoir.

— S'il te plaît, Dimitri.

— Tu es sûre, petite ?

Il semble perdu.

— J'en suis sûre. Nous sommes faits l'un pour l'autre.

Il tend la main vers ma chatte et la caresse doucement. Puis, il trouve mon clitoris et le caresse avec son pouce.

Je me tortille.

— S'il te plaît, Dimitri, j'ai besoin de toi en moi.

Mais il m'ignore. Il glisse vers le bas et me mange à nouveau, me faisant jouir sur sa langue. Puis, alors que je frissonne, il glisse sur moi.

— Je n'ai pas de MST et je suis stérile, me dit-il. Mais si tu veux que je mette un préservatif, je le ferai.

— Tu es sûr pour la stérilité ?

Je ne sais pas pourquoi, mais ce fait m'attriste.

Il acquiesce. Sa bite est déjà à l'entrée de ma chatte.

— Non, c'est bon, je lui dis.

Aurélia dirait que je suis trop confiante, mais je crois Dimitri.

Il se glisse à l'intérieur.

Ça fait mal. Ça brûle. Mais comme avec le plug, mon corps finit par se dilater rapidement. Je me tortille et gémis tandis qu'il reste immobile au-dessus de moi, me laissant m'adapter.

— Tu es magnifique, petite.

— Toi aussi.

Il esquisse un sourire et semble amusé. Je garde mes yeux rivés sur les siens tandis que mon corps commence à se détendre. Le désir est plus fort que l'inconfort et je bouge mes hanches pour l'accueillir plus profondément. Je glisse ma lèvre inférieure entre mes dents et je gémis.

— C'est ça, petite. Prends ma bite. Tu aimes la sensation ?

— O-oui, je bafouille.

J'aime ça, mais j'ai aussi un peu peur d'avoir mal à nouveau.

— Ça ne sera que meilleur à partir de maintenant, ma belle, dit-il comme s'il lisait dans mes pensées. Ça ne fait mal que la première fois.

Il se retire légèrement, puis il s'enfonce à nouveau.

Quel paradis ! Je ressens encore un peu de douleur, mais la sensation d'être pénétrée est tellement satisfaisante.

— Encore, je lui demande.

Son sourire est indulgent.

— Je te laisserai demander cette fois-ci seulement, petite, parce que j'ai besoin que tu me montres ce à quoi tu es prête.

— Je suis prête pour plus, dis-je en bougeant mes hanches à nouveau.

Il hausse un sourcil élégant.

— Plutôt comme ça ?

Il se retire davantage cette fois, à tel point que j'ai peur qu'il se retire totalement, et mes hanches poursuivent les siennes, mais au dernier moment, il s'enfouit à nouveau en moi, jusqu'au bout.

Je gémis de plaisir. La sensation est délicieuse.

— Encore une fois, s'il te plaît ? Monsieur ?

— Tu aimes ça ?

Il répète le mouvement, tout aussi lentement, et je ressens tout autant de plaisir.

— J'adore ça.

Il augmente la vitesse et j'enserre ses hanches avec mes genoux. Mon corps est comme un fil sous tension parcouru par du courant allant en augmentant.

Je gémis à nouveau de plaisir, mais cette fois, il y a un soupçon de désespoir. Je semble le supplier.

Dimitri change de rythme. Ses coups de reins sont plus courts et claquent à chaque fois contre mon cul et mes jambes.

Une exclamation s'échappe de ma bouche et mes yeux s'écarquillent. Comme les autres choses que Dimitri m'a enseignées, je suis étonnée de constater à quel point des actes aussi simples, mais variés peuvent procurer autant de plaisir.

— Tout va bien, petite ?

Je hoche la tête.

— Oui, dis-je en haletant. *Je vais plus que bien, je plane.* S'il te plaît, Dimitri.

Il pose une main à côté de ma tête et écarte mes cheveux de l'autre.

— S'il te plaît quoi, ma charmante Gwen ?

Euh… Je ne sais pas. Tout ce que je sais, c'est que j'ai besoin de quelque chose de plus.

— Encore, s'il te plaît.

Son sourire s'élargit et il pompe plus fort. Mon corps dérape sur le lit, mais il attrape mon épaule pour me retenir.

— Comme ça ? il me demande.

Je cambre le dos et pointe mes seins vers le plafond.

— Oui ! je gémis. S'il te plaît !

— Ma jolie et douce chose. Comment peux-tu être si confiante et ouverte ? J'aime comme tu te donnes à moi.

Il aime me voir me donner à lui. Ces paroles m'emplissent de chaleur.

— J'aime me donner…

L'espace d'un instant, son regard s'assombrit, comme s'il était sur le point de me dire pourquoi je ne devrais pas le faire, mais il secoue la tête et ferme les yeux.

— … à toi, dis-je pour préciser ma pensée, au cas où il y aurait un doute. Seulement à toi.

Il rouvre les yeux brusquement et son regard plonge dans le mien. J'y décèle une certaine férocité. Ce personnage froid et manucuré se fissure légèrement et en dessous, je perçois de réelles émotions. Il me martèle brutalement.

C'est bon et douloureux en même temps. Tout comme ses fessées et ses autres tortures délectables.

— Oui, Dimitri, je l'encourage. Encore !

Il pose son pouce sur mon clitoris et il se met à le caresser tandis qu'il continue à me pénétrer, vite et fort.

Je hurle et ma chatte se contracte autour de sa bite.

Il pousse un cri et s'enfonce profondément, puis reste enfoui là.

J'enroule mes jambes autour de sa taille. J'attire ses hanches plus près de moi et je veux que sa bite s'enfonce encore plus profondément. Je veux le garder là et ne jamais le laisser partir.

Dimitri écarte à nouveau mes cheveux de mon visage et dépose un baiser sur mon front, puis sur mon nez. Sur chaque joue. Puis sur mes lèvres.

— Tu es adorable, Gwen. Comment te sens-tu ?

— Tellement bien, je murmure.

CHAPITRE CINQ

Dimitri

C'EST MAL à quel point je veux souiller ma fleur innocente. Mais le pire là-dedans ? J'ai violé toutes mes règles avec elle.

Je passe une deuxième nuit avec elle alors que je ne revois jamais la même femme.

C'est ma règle depuis presque deux siècles. C'est ce qui m'a permis de rester sain d'esprit.

La plupart des gens pensent que les vampires perdent la capacité de ressentir des émotions et d'avoir des sentiments. On est obligés de s'endurcir si on veut surmonter la douleur de voir mourir les mortels que l'on a aimés. Ou si on veut être capable de survivre dans le monde cruel des vampires, où il faut tuer ou être tué.

Et je pensais l'avoir fait. J'ai adopté la règle d'une seule nuit pour m'empêcher de m'attacher à nouveau. Et rien n'a percé mon armure depuis.

Jusqu'à Gwen.

Pourquoi je n'ai pas réussi à nettoyer son cerveau ? Sa volonté est si flexible. Peut-être que c'est son super pouvoir. Ou alors, est-ce que ça veut dire qu'elle est faite pour moi ?

Merde !

Ça me fait presque mal de la regarder tellement elle est belle. Elle pourrait me détruire. Cet ange doux, candide et arrangeant pourrait me briser le cœur en mille morceaux. Car je ne pourrai pas regarder une autre femme que j'aime mourir.

Je ne le ferai pas.

Ce qui veut dire que je ne peux pas aimer.

Je devrais ramener la douce Gwen chez elle tout de suite et nettoyer son esprit. Effacer les souvenirs de ce soir et du soir d'avant aussi.

Sauf qu'elle est déjà là. Je l'ai déflorée. Je pourrais tout aussi bien nous faire profiter à tous les deux d'une nuit de plaisir pur. Lui montrer d'autres positions. Lui donner encore plus de plaisir.

Et à la fin de la nuit, je m'assurerai qu'elle ne se rappelle même pas que le club Toxic existe. Elle ne s'aventurerait plus jamais là-bas.

— Tu as mal, petite ? Ou tu es prête à remettre le couvert ?

Ses paupières mi-closes se rouvrent instantanément.

— Je suis prête pour toi. Tout ce qui te plaira.

Tellement arrangeante. Une soumise née. Un véritable ange.

— Oh, je sais que tu vas m'obéir, Gwen, mais dis-moi ce que tu veux. Tu as besoin de dormir ? Ou tu es encore curieuse ?

— Toujours curieuse, dit-elle en se soulevant sur ses coudes.

— Gentille fille, dis-je en souriant. Je vais te montrer une de mes positions préférées.

Je la retourne sur le ventre, puis je tire ses hanches vers le haut pour qu'elle se mette à quatre pattes.

Elle essaie de tenir sur ses mains, mais je pousse doucement entre ses omoplates.

— La poitrine sur le lit et le cul en l'air, chérie. Montre-moi comme tu es une gentille fille.

— Je suis ta gentille fille, dit-elle.

Pourquoi ça me tue à chaque fois ? La façon dont elle me prête allégeance à chaque occasion. Je veux lui dire qu'elle n'est pas ma gentille fille et qu'elle ne me reverra plus jamais après ce soir, mais je suis incapable de lui faire du mal.

J'opte pour un compromis.

— Tu es une si gentille fille.

Je rassemble ses cheveux pour former une laisse et je l'oblige à relever la tête.

— Sors ton cul, ma jolie. Cambre-toi.

Elle s'exécute et je frotte mon gland sur sa cyprine. Elle est aussi trempée qu'une fontaine. Toujours prête, celle-là.

Il m'est aisé de la pénétrer cette fois, mais j'y vais tout de même avec précaution en restant à l'écoute de sa respiration pour savoir si je lui fais mal.

Sa respiration est légère.

— C'est bien, petite. Tu es si jolie quand tu t'offres à moi comme ça.

Tenant ses cheveux comme les rênes d'un cheval, je la chevauche, lentement d'abord, puis avec plus de vigueur, jusqu'à ce que je laisse tomber ses cheveux et que je saisisse ses hanches pour la maintenir parfaitement immobile pendant que je la pilonne.

Jamais une chatte n'a été aussi serrée et accueillante en

même temps. Quand je sens sa chatte se contracter, je manque de perdre le contrôle.

Et je ne perds jamais le contrôle.

Du moins, ça fait des siècles que ça ne m'est pas arrivé.

Je la baise de plus en plus fort, sachant que j'exagère probablement, qu'elle aura sûrement mal à cause de ce martèlement intense, mais je ne veux pas m'arrêter, et elle ne proteste pas. Au contraire, elle gémit sur ce ton aigu et suppliant qui me rend dingue.

Puis, ça devient trop pour moi. Je perds ma bataille contre la luxure et le contrôle. Contre le désir. Je plante mes doigts dans sa chair et je la baise si fort que la chambre commence à tourner autour de moi.

Je rugis.

Je jouis.

Quelque chose en moi s'ouvre, se débouche. Un flot d'émotions se déverse hors de moi. Des émotions enchevêtrées qui ressemblent à de l'amour, à un chagrin d'amour, à un deuil, à de l'engagement.

Tout ce que j'ai vécu il y a si longtemps.

La dernière fois que j'ai aimé et perdu.

La douleur de voir mourir la femme que j'aimais et de savoir que je devais continuer à vivre.

Bon sang. Je ne peux pas revivre ça.

Gwen

Je ne savais pas que le sexe pouvait être aussi bon. J'ai vraiment besoin de rattraper le temps perdu.

Dimitri se retire et tout est parfait. Du moins, c'est ce que je crois.

Il descend du lit et se dirige rapidement vers la fenêtre.

Je le regarde par-dessus mon épaule en gardant ma position. Ses sourcils sont froncés et son poing fermé repose contre le mur.

Pendant une seconde, je me dis qu'il va être malade ou quelque chose du style. Pourquoi s'est-il enfui ?

Je descends du lit et il lève une main.

— Reste là, petite. Reste au lit.

Il est toujours dos à moi.

Je lui désobéis et je surgis derrière lui.

— Que s'est-il passé ? Tu t'es fait mal ?

— Non.

Sa poitrine se soulève et s'affaisse rapidement. À la lumière du clair de lune, il est magnifique. Un géant mince au profil parfait. Tandis que je l'observe, il rejette la tête en arrière et gémit comme s'il n'arrivait pas à respirer.

— Dimitri ?

Je suis assez proche de lui pour le toucher, alors je le fais. Il tourne la tête vers moi. Je recule d'un pas. Ses canines sont vraiment longues. Trop longues.

— Dimitri, que se passe-t-il ?

— Viens, petite, dit-il en écartant les bras.

Je suis incapable de lui résister. Je m'avance vers lui et il me soulève dans ses bras.

— Je savais que c'était une erreur, dit-il amèrement.

Ma bouche s'ouvre dans un cri silencieux. D'abord Chad, et maintenant lui ? Ce rejet me frappe comme un coup de fouet.

— Tu ne veux pas de moi ?

— Au contraire, Gwen. Je te veux trop.

Sa tête bouge si vite que je n'arrive pas à la suivre. Mon cerveau traite encore le mouvement quand je sens une douleur vive dans mon cou. Puis, un liquide doré s'écoule dans mes veines. Il est chaud et délicieux, comme du miel.

— Dimitri !

Je hurle son prénom, tandis qu'un orgasme s'abat sur moi comme une vague géante. Je m'agite dans ses bras, me débattant pratiquement, mais il me serre encore plus fort, ses lèvres toujours collées à ma gorge.

Au bout d'un moment, il me porte jusqu'au lit, m'allonge dessus et lèche le côté de mon cou.

— Est-ce que tu viens de me mordre ? Qu'est-ce qui se passe ?

Je prends son visage entre mes mains et le tourne vers moi. J'ai besoin de voir.

Sans surprise, je vois ses canines, blanches et longues, recouvertes de sang. Mon sang.

— Tu n'as pas peur ? dit-il, étonné et la réalité s'abat sur moi.

J'enlève mes mains et je me redresse.

— Tu vas me faire du mal ?

— Non, petite. Tu ne t'en souviendras pas.

— Mais je veux me souvenir.

— Peu importe, dit-il. Tu ne te souviendras pas de moi.

J'aurais eu moins mal s'il m'avait poignardé en plein cœur. Je recule, la main posée sur ma poitrine.

— Quoi ?

— Tu ne peux pas savoir ça. Tu ne peux pas savoir ce que je suis. Tu ne peux pas me connaître, dit-il, puis il continue à parler à voix basse, comme s'il se parlait à lui-même. Ça ne peut pas marcher. Ça ne doit pas arriver. Je ne peux pas tomber amoureux à nouveau.

J'ai vécu trop longtemps. J'ai aimé et perdu.

— Tu as dû regarder la femme que tu aimais mourir alors que tu continuais à vivre, je lâche, en cherchant désespérément à me raccrocher à quelque chose.

À retenir les fils de cette chose qui se défait entre nous.

Une profonde tristesse s'installe dans son expression.

— Oui, admet-il.

— On a déjà été ensemble, non ? Hier soir. Tu m'as fait oublier ?

— Tu ne peux pas savoir ce que je suis, répète-t-il, comme si cela expliquait tout.

— Mais je m'en suis souvenue, j'insiste. Ça n'a pas fonctionné.

— Je suis désolé.

On dirait qu'il s'excuse pour ce qu'il s'apprête à faire et non pour le fait que ça n'ait pas marché hier soir. Je déglutis lentement.

— Que vas-tu faire ? dis-je, semblant plus sereine que je ne le suis réellement.

— Rien d'horrible. Je vais juste faire en sorte que tu oublies.

— En quoi ce n'est pas horrible ? je rétorque, puis je m'agenouille à ses côtés. Dimitri, je veux me souvenir. Pourquoi tu veux me chasser ?

Il pose sa main sur ma nuque. Je me laisse aller à cette caresse jusqu'à ce que je réalise ce qu'il fait. D'un coup sec, il défait le ruban, le collier de fortune qu'il m'a donné.

— Non !

Je l'attrape avant qu'il ne puisse le jeter.

— On ne peut pas être ensemble, Gwen. Tu es humaine et moi non.

— Tu es un vampire.

— Oui.

— Pourquoi on ne peut pas être ensemble ?

— Je te l'ai déjà dit. Tu es trop bien. Trop pure. Trop innocente. Tu n'as rien à faire avec quelqu'un comme moi.

— C'est à moi de décider.

Il secoue la tête.

— Je ne peux pas. Pas une nouvelle fois.

— Tu ne veux pas tomber amoureux.

— Il est peut-être déjà trop tard pour ça, mon cœur, dit-il tristement.

Il me surplombe. Grand, sombre et puissant. Jusqu'à maintenant, je n'avais pas réalisé à quel point il était puissant.

Les questions se bousculent dans ma tête. Les vampires existent ? C'est un vampire ? Comment c'est arrivé ? Qu'est-ce que ça fait ?

Mais surtout : est-il sérieux ? C'est vraiment fini entre nous deux ?

Je m'accroche au ruban blanc. Il me l'arrache des mains et me fait signe de me taire avant que je ne proteste. Je me détends quand il ne le jette pas, mais l'attache soigneusement autour de mon poignet.

— Ça te fera un souvenir.

Il touche mes lèvres. J'ouvre la bouche et taquine son doigt avec ma langue. Il perd son souffle, mais il ne donne pas suite.

— Viens. Je te garde jusqu'au matin.

Je ne demande pas ce qui se passera demain matin. Il s'assurera qu'on ne se revoit plus jamais. Je me glisse entre les draps hors de prix et je me blottis immédiatement contre lui. J'adore me pelotonner contre Dimitri. C'est le meilleur des amants et le meilleur des maîtres. Je n'ai pas besoin d'une tonne de partenaires pour savoir que nous sommes faits l'un pour l'autre. Nous sommes destinés l'un à l'autre.

— Dors, petite.

Il semble tellement triste que je veux le réconforter. Je me colle à lui encore plus. Son petit chaton le câlinant pour la dernière fois.

— Oublie-moi, murmure-t-il en croisant mon regard.

Quand tu te réveilleras, tout ceci ne sera plus qu'un joli rêve. Tu es sortie du club Toxic en compagnie d'un homme et il t'a ramenée chez toi. Tout le reste, tu l'as rêvé.

Je me glisse dans un état de rêve.

— Tu ne retourneras plus jamais au Toxic, conclut-il.

CHAPITRE SIX

Gwen

Les vibrations de mon portable me tirent du sommeil. Je suis chez moi, dans mon lit. Mon corps est à la fois souple et endolori, comme si j'avais dansé toute la nuit dans les bras d'un inconnu et fait travailler des muscles dont j'ignorais l'existence.

Que s'est-il passé hier soir ? Je sens quelque chose à mon cou. Je touche avec les doigts, mais je ne sens rien. Il n'y a pas de sang, pas de petits trous, pas de larmes. Pourquoi ai-je l'impression que quelque chose devrait être là ?

Je tends la main pour attraper mon portable. J'ai un ruban blanc autour du poignet.

Mon téléphone vibre avec insistance. Je ne peux plus l'ignorer. C'est Aurélia.

— Dieu merci ! elle s'exclame quand je réponds enfin. J'étais en train de flipper.

Je me souviens lui avoir envoyé un message disant que j'allais passer la nuit chez quelqu'un. Mais est-ce que j'ai finir par changer d'avis ? Non, je me souviens de son visage. Ou du moins, je me souviens ce que j'ai ressenti avec lui.

Pourquoi je me sens si triste ? C'est comme si quelqu'un avait planté un pic à glace dans mon cœur.

Je veux retourner à mon rêve et à mon mystérieux inconnu.

— Tout va bien. Merci d'avoir appelé.

J'essaie de paraître gaie.

— Gwen ? Tu es sûre que ça va ?

— Ouais, je dis et ma voix se brise. Je vais bien.

— On ne dirait pas, dit-elle et je l'entends marcher dans son appartement. Que s'est-il passé ?

— Euh…

— J'arrive, dit-elle et j'entends le cliquetis de ses clés.

— Non, ne viens pas. Tout va bien.

— Raconte-moi, insiste-t-elle. Je ne suis pas convaincue. Pourquoi tu pleures ?

— Je pleure parce que je suis heureuse, je mens, en tripotant le ruban blanc à mon poignet.

Elle imite le bruit du buzzer quand on donne une mauvaise réponse dans un jeu télévisé.

— Faux, essaye encore.

— Je pleure parce que j'ai passé la meilleure soirée de ma vie. En fait, deux soirées d'affilée. C'était tellement merveilleux qu'on dirait un rêve.

Mes souvenirs sont flous. Les images s'évaporent, comme si tout avait été le fruit de mon imagination.

Mais les sentiments, la douceur et l'extase, ils étaient bel et bien réels.

— Il était merveilleux, je continue. C'était mon premier et il a été si gentil avec moi.

Il y a un long silence.

— Tu étais vierge ? dit Aurélia, choquée.

Je fonds en larmes et je lui raconte tout. Mes fiançailles avec Chad. La découverte de son homosexualité et la prise de conscience que notre relation était en toc.

— Au fond de moi, je le savais, j'ajoute. Mais je me suis interdit de le quitter. Je pensais que c'était le grand amour. Je pensais que nous étions faits l'un pour l'autre.

— Oh, Gwen, dit-elle.

Elle ne me contredit pas. Elle ne croyait pas au grand amour, mais il y a plus d'un an, elle a rencontré l'amour de sa vie et depuis, elle vit avec lui. La façon dont elle parle de Charlie, son amoureux, me fait mal. Je veux ce qu'elle a.

— Je sais que tu penses que je suis ridicule. C'est juste que j'ai toujours rêvé de trouver la bonne personne.

— Ce n'est pas que je ne crois pas au grand amour, dit-elle prudemment. Mais je ne crois pas qu'une seule personne nous soit destinée.

— Mais tu as trouvé Charlie. Tu veux dire que vous n'êtes pas faits l'un pour l'autre ?

— Non, dit-elle doucement. Charlie est unique. Je n'imagine pas ma vie sans lui, même si avant, je ne croyais pas que ça existait.

Je ferme les yeux et je me retiens de pleurer à nouveau.

— Tu vois ?

— Mais Gwen, toi aussi, tu es unique.

— Je me sens si perdue.

— Tu ne l'es pas. Tu suis ton propre chemin. Concernant le grand amour, j'y crois à présent. Mais je pense que ça dépend de chacun. La vie est ce que nous choisissons qu'elle soit. Nous créons notre propre conte de fées. Notre propre destin.

On discute encore un peu et même après qu'elle ait raccroché, ses paroles continuent de résonner dans mon esprit et dans mon cœur.

Je me redresse et repousse ma chevelure en arrière. *Nous créons notre propre conte de fées. Notre propre destin.*

Je sais ce qu'il me reste à faire.

DIMITRI

LE CLUB TOXIC est l'endroit le plus dangereux et le plus excitant au monde pour un vampire. Du moins, ça l'était. Il a perdu de sa superbe, mais il fallait s'y attendre. Toutes les bonnes choses ont une fin.

Je sirote mon verre en essayant de ne pas avoir l'air trop blasé. C'est un échec.

Je lève un doigt pour demander un autre verre.

Face à moi, un ami vampire déguste un verre de vin. On se connaît depuis trois cents ans.

— La nuit a été longue ? me demande mon compagnon de beuverie.

Je hoche la tête. Il n'ajoute rien. Il comprend. Mais au bout de quelques minutes, sa soumise blonde fait irruption dans le club. Elle prend place à ses côtés. À son signal, elle s'agenouille. Leur soirée commence et la mienne continue. Seul devant mon verre, les heures semblent s'étirer à l'infini.

Lucius, mon vieil ami et le propriétaire du club, vient s'asseoir à côté de moi.

— Tu sembles mécontent.

— Je n'ai jamais été très doué pour cacher mes émotions, n'est-ce pas ?

— Je crois me souvenir que, alors que la plupart de nos semblables perdent la capacité de ressentir, tu as en quelque sorte conservé cette partie de ton humanité.

Même si tu aimes prétendre le contraire.

— J'en doute fortement, dis-je en grimaçant.

Lucius me jette un œil. Contrairement à moi, il est difficile de lire en lui. Son visage est lisse et impassible comme chez la plupart des vampires.

— Qu'est-ce qui a provoqué ce malaise ? Cela a-t-il un rapport avec les appels que j'ai reçus à la tombée de la nuit à propos d'une jeune mortelle nommée Gwen ? Celle qui est venue ici deux soirs de suite ?

Je me raidis.

— Quel est le problème avec Gwen ?

Lucius contemple la pièce. Un jeune vampire avance vers nous, l'air menaçant.

— Ah. Charlie est sur le point de nous le dire.

Charlie. C'est qui ce Charlie, bordel ?

Un vampire ne se laisse jamais décontenancer. Du moins, il ne le montre pas. Lucius reste immobile sur sa chaise, une jambe élégamment croisée sur l'autre, mais je dois lutter contre l'envie d'affronter le jeune vampire. Tel un loup alpha, je veux prouver ma domination.

Les émotions que Gwen a libérées en moi hier soir sont encore en train de se répandre. Et elle en est toujours l'épicentre. La seule idée que ce type est lié à Gwen d'une quelconque façon fait ressortir ce qu'il y a de plus moche et violent en moi.

— C'est lui ? demande Charlie avec un léger accent britannique, en levant le menton dans ma direction.

Mes doigts se resserrent autour de mon verre.

Lucius acquiesce d'un signe de tête désinvolte, complètement dérouté par la tension entre nous.

— Qui es-tu ?

— Un ami de Gwen. Et je suis ici pour te dire de la laisser tranquille.

C'en est fini de faire semblant. Je me lève d'un bond et je fais face à l'immortel, prêt à en découdre.

— Et pourquoi ça ?

— Elle n'a pas sa place ici. Dans cet endroit. Avec quelqu'un comme toi.

Bien. Je peux difficilement protester, pourtant je le fais.

— C'est pourquoi j'ai effacé son esprit et lui ai dit de ne jamais revenir.

Je montre plus mes cartes que j'aurais voulu.

Charlie se détend légèrement et il m'observe.

— Dis-moi que tu n'as pas utilisé tes pouvoirs de persuasion pour l'emmener chez toi hier soir.

Mes lèvres se retroussent et je siffle. Mes canines s'allongent, je suis prête à me battre.

Lucius se lève de sa chaise et s'interpose entre nous.

— Comme je te l'ai dit au téléphone, Charlie, Dimitri ne ferait aucun mal à ton amie. Si elle est partie avec lui, c'est parce qu'elle le voulait.

Charlie me regarde.

— C'est vrai ?

J'acquiesce sèchement de la tête. Mais j'ai la bêtise de quitter mon adversaire des yeux quand elle pénètre dans la pièce. Une belle jeune femme, la posture droite et fière. Ses cheveux foncés ne sont pas attachés. C'est Gwen. Je reconnaîtrais sa grande silhouette de princesse de conte de fées entre mille.

Charlie se tourne vers elle.

— Je croyais que tu lui avais dit de ne pas revenir, me dit-il.

— Je l'ai fait. Par deux fois.

Le ton de ma voix trahit ma surprise.

Tu crois à l'amour véritable ? Au destin ?

Oui, mon cœur.

Sinon, comment aurait-elle fait pour revenir ici ?

Malgré le nettoyage méticuleux de ses souvenirs et mon pouvoir de suggestion pour lui intimer de ne jamais revenir. Sinon, comment pourrait-elle continuer à me reconnaître ?

Charlie fait un pas vers elle, mais je tends la main pour l'arrêter.

— Non, je lui dis sèchement. Si elle me reconnaît, alors c'est le destin.

Je m'attends à des ennuis de la part du jeune vampire, mais il reste immobile. Lui et Lucius observent la scène.

Je m'enfonce dans mon siège et j'attends. Je regarde ma belle mortelle avancer dans le club.

Elle porte du rouge. Une robe assez courte pour laisser entrevoir ses fesses dénudées quand elle marche. Marquer ce cul me démange la main. Elle est une petite coquine qui se promène en exhibant ses atouts. Son maître doit la marquer.

Elle tourne en rond et scrute la pièce. Elle semble confiante. Elle regarde autour d'elle une fois de plus et son regard se pose sur moi.

Je n'ai pas quitté mon siège. Incroyable. Elle se souvient. Je reste figé, mais elle s'avance vers moi sans me quitter du regard.

Ce soir, c'est elle le chasseur et moi la proie.

Lucius a l'élégance de faire reculer Charlie de quelques pas. Ils se fondent dans la foule. Non pas que Gwen remarque leur présence.

Elle s'arrête devant moi et me détaille du regard. Ses sourcils se haussent tandis qu'elle étudie mon visage. Aucun doute : elle me reconnaît.

Est-ce possible ? A-t-elle annulé le nettoyage de cerveau ? Le destin a-t-il frappé ?

Ou est-ce que j'ai bâclé le nettoyage de son esprit en laissant des souvenirs quasi intacts exprès ?

À cet instant, ça n'a aucune importance. Elle est là et je me fiche de savoir le pourquoi du comment.

Elle penche la tête, la main posée sur une hanche.

— Je te connais, dit-elle en plissant les yeux.

Je me redresse et pose mon verre. Je claque des doigts et désigne le sol entre mes genoux.

Elle pince les lèvres. Elle baisse les yeux au sol, puis elle les relève vers moi en haussant un sourcil.

Elle ne s'agenouillera pas si facilement.

— Tu n'as rien à me dire ?

J'esquisse un sourire.

— Agenouille-toi et je le ferai.

Elle se met à mes pieds. Ses yeux scintillent telles des émeraudes. Je me penche vers elle et je prends son visage entre mes mains.

— Tu es perdue, ma jolie ? je demande, tandis que mon pouce effleure sa lèvre inférieure.

— Non, monsieur, dit-elle avec enthousiasme. Plus maintenant.

Il n'y a rien d'autre à faire que de l'embrasser. Puis, je me lève et je la conduis à l'étage inférieur, à la croix de Saint-André. Elle portera mes marques sur sa peau ce soir. Plus tard, je la ramènerai chez moi et je consommerai notre relation. La première nuit d'une longue série.

J'étais perdu et elle m'a trouvé.

ÉPILOGUE

CRÉPUSCULE

Gwen

Il existe une porte secrète pour entrer à Disneyland. Elle est gardée par des hommes munis de mitrailleuses. À côté d'eux se tient une petite dame aux cheveux gris, habillée comme le personnage de madame Samovar dans La Belle et la Bête. Alors que je m'approche en marchant prudemment dans mes nouvelles chaussures, elle me fait signe.

— Bienvenue, Princesse Gwen, dit-elle.

— Bonjour, dis-je, quelque peu à bout de souffle.

Je touche le diadème sur ma tête, un objet incrusté de bijoux étincelants qui s'avère plus lourd que je ne pensais.

Madame Samovar déverrouille la porte et m'invite à entrer.

— Suivez le chemin qui mène au château. Arrêtez-vous à la bifurcation. Votre prince vous attend.

Soulevant mes jupes, je m'exécute. Le tissu effleure les briques sur le chemin. Je me sens un peu ridicule de marcher au beau milieu de Disneyland après la tombée de la nuit dans une gigantesque robe de bal bleue. Mais lorsqu'une belle robe, des pantoufles de verre et un diadème étincelant apparaissent sur votre lit avec un petit mot de votre vampire dominateur qui dit « *Porte-moi* », vous ne désobéissez pas.

C'est un peu écrasant. Les diamants du diadème me paraissent vrais, mais je fais comme s'ils étaient en verre. Sinon, je tomberais dans les pommes.

Tout est un rêve.

J'arrive à la bifurcation et je tourne sur moi-même lentement. La nuit est complètement tombée. Les dernières lueurs de l'aube ont disparu à l'ouest. La seule lueur provient des petites lumières sur le chemin et du projecteur du château.

Une grande silhouette se détache de la pénombre. C'est Dimitri dans un costume blanc. Il a mis du putain de blanc et je ne l'ai même pas vu ! Putain de vampire !

Il avance vers moi et j'en ai le souffle coupé. Il est tellement beau. Qui suis-je pour le mériter ?

Je touche mon diadème. Je suis Cendrillon au bal. Je suis Blanche-Neige et la Belle au bois dormant, mais réveillées.

— Tu es perdue, ma jolie ? dit-il un sourire aux lèvres et il écarte les bras.

— Dimitri !

Je cours le rejoindre. Il m'attrape et me fait pivoter.

— Tout ceci est si merveilleux ! je m'exclame. Comment as-tu fait ?

— Je sais y faire, dit-il l'air suffisant et vampiresque.

Il fait un clin d'œil à madame Samovar. Visiblement, elle m'a suivie. Elle lui fait signe et disparaît à nouveau.

— Où sont les gens ? Est-ce un événement spécial ? je demande.

— J'ai loué le parc.

Ma mâchoire se décroche.

— Quoi ? je bégaie quand je reprends mes esprits. Le parc entier ?

— Je ferai n'importe quoi pour mon petit chat.

Il m'offre son bras et je l'accepte.

— Tu veux dire ta princesse, non ? je le corrige en feignant le dédain.

— Fais gaffe, mon cœur, ronronne-t-il. Je vais te mettre cul nu et te flanquer une bonne fessée. Tu sais que j'en suis capable.

Je frissonne et ma chatte se serre. Je sais qu'il le ferait.

Un élégant carrosse couleur crème et or s'avance, tiré par deux chevaux blancs. C'est un peu ridicule. Je ris comme une enfant alors que Dimitri m'aide à monter.

Une fois installés, les chevaux commencent à avancer vers l'énorme château au loin.

Je m'essuie les yeux avec une main gantée de blanc.

— Tu pleures, mon cœur ?

— Juste un peu, je dis en reniflant, puis je ris. Pourquoi tout ça ? Pourquoi moi ?

J'essaie d'être courageuse, mais ma lèvre tremble.

— Jusqu'à ce que je te rencontre, je ne voulais pas retomber amoureux, murmure-t-il. Je ne voulais plus souffrir. Mais peu importe, car tu as cru pour nous deux.

Il m'attire sur ses genoux et j'enlace son cou. Je glousse quand il embrasse mon cou.

— Prêt pour une histoire d'amour qui finit bien et dure à jamais ?

— Et au-delà.

Quand il ouvre l'étui de velours noir et révèle un collier étincelant clouté de diamants, j'essaie de paraître surprise.

Les feux d'artifice éclosent autour du château dans un ciel aussi obscur que du velours. J'enlace mon vampire, mon beau prince, et l'on s'embrasse tandis que l'on roule vers l'avenir.

Au bout du compte, j'ai créé ma propre fin de conte de fées.

VOULOIR PLUS?

Alpha Bad Boys

La Tentation de l'Alpha

Le Danger de l'Alpha

Le Trophée de l'Alpha

Le Défi de l'Alpha

L'Obsession de l'Alpha

L'Amour dans l'ascenseur (Histoire bonus de La Tentation de l'Alpha)

Le Désir de l'Alpha

La Guerre de l'Alpha

La Mission de l'Alpha

Le Fleau de l'Alpha

Livres aussi par Renee Rose et Lee Savino

Sa Mortelle Captive

La vierge et le vampire

Abonnez-vous à la newsletter de Renee

Abonnez-vous à la newsletter de Renee pour recevoir livre gratuit, des scènes bonus gratuites et pour être averti·e de ses nouvelles parutions !

OUVRAGES DE RENEE ROSE
PARUS EN FRANÇAIS

www.reneeroseromance.com/francaise/

Les Nuits de Vegas

Roi de carreau

Atout cœur

Valet de pique

As de cœur

Joker Mortel

Dame de trèfle

Cartes sur Table

Bonne Pioche

La Bratva de Chicago

Prélude

Le Directeur

Le Stratège

Possédée

L'Homme de Main

Le Soldat

Le Hacker
Le Bookie

Alpha Bad Boys
La Tentation de l'Alpha
Le Danger de l'Alpha
Le Trophée de l'Alpha
Le Défi de l'Alpha
L'Obsession de l'Alpha
L'Amour dans l'ascenseur (Histoire bonus de La Tentation de l'Alpha)
Le Désir de l'Alpha
La Guerre de l'Alpha
La Mission de l'Alpha
Le Fleau de l'Alpha

Le Ranch des Loups
Brut
Fauve
Féral
Sauvage
Féroce
Impitoyable

Deux Marques
Indomptée (libre)
Tentée

Maîtres Zandiens
Son Esclave Humaine
Sa Prisonnière Humaine
Le Dressage de Son Humaine
Sa Rebelle Humaine

À PROPOS DE RENEE ROSE

RENEE ROSE, AUTEURE DE BEST-SELLERS D'APRÈS USA TODAY, adore les héros alpha dominants qui ne mâchent pas leurs mots ! Elle a vendu plus d'un million d'exemplaires de romans d'amour torrides, plus ou moins coquins (surtout plus). Ses livres ont figuré dans les catégories « Happily Ever After » et « Popsugar » de USA Today. Nommée *Meilleur nouvel auteur érotique* par Eroticon USA en 2013, elle a aussi remporté le prix d'*Auteur favori de science-fiction et d'anthologie* de Spunky and Sassy, e celui de *Meilleur roman historique* de The Romance Reviews. Elle a fait partie de la liste des meilleures ventes de USA Today sept fois avec ses livres Wolf Ranch et plusieurs anthologies.

Abonnez-vous à la newsletter de Renee pour recevoir des scènes bonus gratuites et pour être averti·e de ses nouvelles parutions!
    https://www.subscribepage.com/reneerosefr

Romance contemporaine

Bad Boy Royal

Je ne suis pas du tout en train de tomber amoureuse de mon arrogant et agaçant dieu du sexe de patron. Non. Absolument pas.

Royally Fake Fiancé

Le duc de Nouvelle-Arcadie a un problème d'image que seule une fiancée peut régler. Et je suis la petite veinarde qu'il a choisie pour jouer les Cendrillons.

La belle & les bûcherons

Après cette saison au camp des bûcherons, j'arrête complètement de baiser. Parce que : j'ai mes raisons.

Papa à moi

Mon héros marin sexy veut que je l'appelle « papa »…

Romance paranormale

La Saga des Berserkers

Vendue aux Berserkers

Rien ne pourra empêcher ces féroces guerriers de revendiquer leur compagne.

Alpha Bad Boys

Le Tentation de l'Alpha avec Renee Rose

Mon loup veut la marquer et en faire sa compagne, mais elle est humaine et délicate : elle ne survivrait pas à une morsure de métamorphe.

À PROPOS DE LEE SAVINO

Lee Savino a l'intention de conquérir le monde, mais la plupart du temps, elle n'arrive même pas à trouver ses clés ou son téléphone, alors elle préfère encore rester chez elle et écrire des romances smexy (smart + sexy). Elle adore le chocolat, passe sa vie en pantalon de yoga et porte les chapeaux comme personne.

Pour de bonnes tranches de rigolade, rejoignez son groupe sur Facebook en anglais, Goddess Group, ou rendez-vous sur **https://geni.us/BredBerserkerFR** pour vous inscrire à sa news-letter et recevoir un livre gratuit.

Site web : www.leesavino.com

Facebook Goddess Group :
https://www.facebook.com/groups/LeeSavino/